坂村真民

随筆集

愛の道しるべ

サンマーク出版

随筆集　愛の道しるべ　目次

第一部　愛の道しるべ

第二部　光と風のなかを

第三部　生きている一遍

本書は一九八三年に柏樹社から刊行された『愛の道しるべ』の新装版です。本文中の肩書き、地名、データ等は刊行当時のままです。また、一部現在ではふさわしくない表現の箇所がございますが、著者の意図を正確に伝えるために原書のままといたしました。どうかご了承ください。

装幀――川上成夫
編集協力――逍遙舎

第一部　愛の道しるべ

もっとも美しかった母

もっとも美しかった母の
その姿がいまもなお消えず
わたしの胸のなかで匂《にお》うている
きょうはわたしの誕生日
わたしに乳を飲ませて下さった最初の日
わたしはいつもより早く起きて母を思い
大地に立って母の眠りいます
西方九州の空を拝み
満天の星を仰いだ
その日もきっとこんなに美しい

星空だったにちがいない
よく母は話してきかせた
目の覚めるのが早い鳥たちが
つぎつぎに喜びを告げにきたことを
その年は酉年《とりどし》だったので
鳥たちも特に嬉《うれ》しかったのであろう
そういう母の思い出のなかで
わたしが今も忘れないのは
乳が出すぎて
乳が張りすぎてと言いながら
よく乳も飲まずに亡くなった村びとの
幼い子たちの小さい墓に
乳をしぼってはしぼっては注ぎしぼっては注ぎ
念仏をとなえていた母の

美しい姿である
若い母の大きな乳房から出る白い乳汁《ちちしる》が
夕日に染まって
それはなんとも言えない絵のような
美しい母の姿であった
ああ
いまも鮮明に瞼《まぶた》に灼《や》きついて
わたしを守りわたしを導き
わたしの詩と信仰とを支えている
虹《にじ》のような乳の光よ
春の花のような乳の匂いよ

しんみんさん、あなたにとって詩は何ですか、とよく聞かれる。そのたびにわたしは母への恩返しです、と答える。すると、たいていびっくりされ、そのわけをまた聞こうとされる。でも、それには長い長い話が必要である。幸福だった母が、急に苦難苦闘に立ち向かわねばならなくなったことから、それに伴って、わたし自らも光から闇《やみ》となったような生いたちを語らねばならなくなる。

母が三十六歳、わたしが八歳の時、父が急逝した。四十の厄を越えきらず、五人の幼い子を母に託して他界した。わたしは長男であったので、母の苦しみをじかに感じて生きてきた。でも母の労苦に報いることもできず、詩歌に執して立身も出世もせず、流転の生活を送って孝養もしなかった。だからせめて詩を作ることによって母を慰め、母の苦労に報いたいと思い、今日まで詩を作ってきた。

またある方は、どうしてわたしが詩と信仰とを一つにしているかを聞かれることがあるが、それもまた母からきている。

その一つがここに書いた詩のように、まだ小さいわたしをいつも連れて、村はずれの田んぼの中の共同墓地に行って、乳をしぼっては幼い子の墓に注ぎ、乳も十分飲まずにあの世へ行った不幸不運な子たちへ供養している母の、美しい姿を忘れ得ないからである。

仏の教えの根本は大悲である。大悲こそ世尊の教えの母体なのである。そういうことを母は小さいわたしに、無言で教えてくれた。わたしが今日信仰をしっかと持つことのできたのは、深く掘りさげてゆくと、いつもここにやってくる。

わたしは世の若い母親たちに告げたい。それは幼い子に何を刻みつけてくれるかということを。つまり三つ子の魂の中に、何を注ぎ込んだかということを。

母恩無限

母は今もわたしたちを守り続けていられる。この世にいられたときと同じように、熱い愛を持って見守っていられる。だから五人の子は今も健在である。

新しい年を迎えるたびにわたしはいつも、そんなことを思う。『父母《ぶも》恩重経《おんじゅうきょう》』にある通り、昊天《こうてん》のように母の恩の無限なことを、母の愛の無辺なことを。

「念ずれば花ひらく」という言葉は、母がわたしたちに残してくれた何よりの宝である。わたしはこれを八字十音の真言《しんごん》として、生きてゆく力とし念唱してきた。

母の念持仏は阿弥陀《あみだ》さまであったが、仏壇の中には小さいお像があった。わたしは初めこのお像がどなたであるか知らなかったが、やがて弘法大師であることを聞かされた。わたしが、こうして四国に渡り、四国に住みつくようになったのも、このお像のおかげであろう。

わたしは二十五歳の時、日本を脱出するような気持ちで朝鮮に渡り、この地に骨を埋めるつもりでいた。ところが敗戦によって引き揚げねばならぬことになり、生まれ故郷の九州に帰ってきた。そこには母が独り住んでいた。わたしは長男なので本当は母の許《もと》におり、母を養うべきである。ところがまたもやわたしの流転放浪の血が湧《わ》いて、こんどは四国へ渡ってゆくことになった。昭和二十年の十一月に引き揚げて、翌年五月末には妻子を連れ、知らぬ四国へ渡ることになった。親類の者はみななんで米どころの肥後（熊本）から、米のとれない四国へ行くのかと反対したが、母はわたしの決心を強めてくれた。それは、このお像との深い所縁《ゆかり》からであった。

いつごろから母がお大師さまと結びつけられていたかは知らないが、きっと小さいころからではなかろうか。

母はよくわたしに、こんなことを言った。

「わたしはね、お大師さまの膝頭《ひざがしら》から生まれたから、こんなに苦労をするのだよ」と。

でも三十六歳までは苦労というのはほとんど知らなかった母であろう。ところが三十六歳の秋、父は幼い五人の子を母に託して急に他界した。

それから母の苦闘の歴史が始まった。普通の女なら到底育ててゆくことはできなかったであろう。そのことはこれまで詩にも文にも書いてきたが、わたしは母を通して女の一生というものが、どんなに苦しいものであるかを知った。

実はわたしが、この年になるまで詩を書き続けているのも、この限りない大恩を思うたび、詩精進することによって少しでも恩を返したいからである。

わたしは昭和三十一年『赤い種』という詩集を出して母へ捧《ささ》げた。母の名を種といったから、母の名を入れて詩集名としたのである。わたしの詩の中で多くの人が愛誦《あいしょう》してくださる「念ずれば花ひらく」というのは、この詩集に出てくるものであるが、ここにあげておこう。

念ずれば花ひらく

念ずれば
花ひらく

苦しいとき
母がいつも口にしていた
このことばを
わたしもいつのころからか
となえるようになった
そうしてそのたび
わたしの花がふしぎと
ひとつひとつ
ひらいていった

この詩の生まれたころ、わたしは眼の肋膜《ろくまく》といわれる病気にかかり苦しんでいた。眼帯をつけ黒眼鏡《めがね》をかけ、暗い日々を送っていた。何の孝養もせず、こうして視力を失ってゆく自分が悲しかった。母にすまないと思った。

苦闘の連続だった母を思いながら、四国の土を踏み、四国の風に吹かれながら歩いていると、四国に来たことの因縁の不思議が思われてならなかった。そういう時いつも母の位牌《いはい》の前に坐《ざ》して、この小さい大師のお像に手を合わせた。

母がいつごろどこで、この大師像を求めたのか、聞いたこともなかったが、いよいよ決心して四国へ渡るようになったとき母は、お大師さまのお国に行くのかね、それはほんとにうれしくありがたいことだ、わたしはお前たちを送ってゆこう、そう言って味噌《みそ》や醤油《しょうゆ》を作り、一緒に船に乗り四国の土を踏みにきた。初めてお大師さまの国に着き、母が言った言葉を今も忘れない。

「ああ涼しい風だね。お大師さまのお国は涼しいね」

と言った。昭和二十一年五月末の何もかも騒然としていたときである。

それから三年して、もう一度訪ねてきた。でもまだ食糧事情も悪く、遍路もできないころであったが、母といくつかのお寺にお参りした。もうしばらく生きていてくれたら、母と二人遍路姿で八十八ケ所を巡拝し、親不孝を重ねてきた者に何よりの孝行ができたであろうと思うのであるが、風樹の嘆《たん》である。

ちなみに、この「念ずれば花ひらく」という言葉に感動して碑を建ててくださる人があり、今日まで二十三建立された。特に第七番の碑は、女の人だけで生きてゆく心の支えとして建ててくださり、霊験の碑として熱い信仰を得ている。母もどんなにうれしいことだろうと思う。なお最近名古屋に「念ずれば花ひらく」を刻んだ大梵鐘《ぼんしょう》ができあがった。殷々《いんいん》とひびく妙音を聞きながら、八字十音の真言よ、多くの人に信仰信心の花を咲かせてくれと合掌祈念した。

わたしは四国に来なかったら、今の自分にはなり得なかったと思う。わたしの詩と信仰の花が開いたのは四国に来たからである。わたしが四国は詩国である、世界にもない仏の島であると感じとるようになったのも、一木一草に大師の信仰がしみ込んでいるからである。大師の膝頭から生まれたという母を思い、わたしは四国の土を踏み、やがては四国の土になる。思えば不思議な糸のつながりである。さきにも述べたように母の名を種と言った。種は土に落ちて芽を出し、大きな樹になり花を咲かす。わたしの詩に「光の種」というのがある。それをしるして結びとしよう。

母の名を種子《たね》といった
だからわたしは
花の種
果物の種
どんな種でも
てのひらにのせ
母を思い
その苦闘の生涯をしのぶ
そして近頃特に
ああ母は
光の種のような人であったと
しきりに思うようになった

「念ずれば花ひらく」八字十音の
真言を授けて下さった母よ
それは生命の光のように
わたしを生かし
わたしを育ててゆく

愛の道しるべ

四国に住んでいると
どんな小さな道でも
それは四国八十八ケ所の
おへんろ道につながっていることが

わかります
わたしは九州生まれですので
四国に渡ってくるまでは
道というものを
そんなに考えたことは
ありませんでした
道はただ通ってゆく処《ところ》だと
考えていました
いやそんなことも考えず
ただ歩いてきたものです
ところがここにきますと
道しるべが立っています
右何番へ
左何番へ

そうした道しるべが
とてもいいのです
誰が書き
誰が彫り
誰が建てたか知りませんが
ほれぼれするような字があります
車時代となって
道もずいぶん変わり
昔一歩一歩あるいて通った
へんろ道も
今は旧道となって
わからなくなった処もありますが
道しるべだけは
昔のままに残っています

何万人の人たちが
じっと足をとめ
道しるべを頼りに歩いていった
その一人一人の心が
この道しるべに染み込んでいるのです
わたしは道しるべに
合掌してゆきます
それは仏さまだからです
仏さまが出現なされたのは
人間に歩むべき正しい道を
教えるためでした
二《に》河白道《がびゃくどう》という
お絵像があります
火の川があり

水の川があり
そのまんなかを
小さい道が一本通っています
中村元《はじめ》先生の『佛教語大辞典』には
こう書いてあります

人があって西に進む際、
まもなく水火の二河を見るに至った。
火の河は南、
水の河は北にあり、
二河の広さはおのおの百歩。
深くて底なく、
南北の辺は存在せず、
中間に広さ、四・五寸（十五センチ～十九センチ）の白道があって、水火がこもごも押し寄せている。
しかも群賊、悪獣が後方から迫っているので、前へ進んでも、また帰っても、また立ちどまっても死を免れない。
この白道を進んでいこうと思う時、
東岸に声があって、
「汝《なんじ》はこの道を尋ねて行け、必ず死の災難はなかろう」とすすめ、
また西岸に、「汝は一心正念にして来れ、われは汝を護《まも》ろう」
と呼ぶ声がする。
ここにおいて疑いなく直ちに進んで
西岸に達すると、
ながく諸難を離れて善友ともに喜び楽しむことができたという。
火の河は衆生の瞋憎《しんぞう》、
水の河は衆生の貪愛《とんあい》、
白道は浄土往生を願う清浄の信心、

群賊悪獣は衆生の六根、六識、六塵《じん》、五陰、四大、別解《べつげ》別行《べつぎょう》の悪見、
東岸の声は娑婆《しゃば》世界における釈尊の遺教、
西岸の声は極楽浄土の阿弥陀仏の呼び声、
とある。

旅に明け
旅に暮れ
浄土行きの切符を配りながら
旅で息をひきとられた一遍上人《いっぺんしょうにん》も
この二河白道のお絵像をかけ修行された
思えば二河白道図は
大きな大きな道しるべ
わたしが言いたいのは
愛の道しるべを

自分の心の中にうち建てて
この世を生きてゆくことです
あなたの心の中に
自分で建てることのできる人は
自分で建てて下さい
自分で建てることのできない人は
誰かに建ててもらうことです
わたしは大いなる人
杉村 春苔《しゅんたい》尼《に》先生に
この道しるべを建ててもらいました
その時の詩に

大いなる一人のひととのめぐりあいが
わたしをすっかり変えてしまった

暗いものが明るいものとなり
信じられなかったものが
信じられるようになり
何もかもがわたしに呼びかけ
わたしとつながりを持つ
親しい存在となった

というのがあります
わたしの一番暗い時代でした
先生にめぐり会わなかったら
わたしは火の河か水の河のどちらかに
落ち込んでいたでしょう
わたしは先生にお会いして
道がわかり

道しるべができ
歩いてゆく方向がきまったのでした
先生は慈愛の人でした
そのため剃髪《ていはつ》し一人となり
不幸な人のために
身を捧げる道を
選ばれたのでした
わたしは先生の愛の道しるべの
大きさに打たれ
目の見える人間になりました
人生は火の河水の河です
煩悩の渦巻く河です
一歩誤れば大変な事になります
そのために諸仏諸菩薩《ぼさつ》が出現され

右に行け
左に行け
と道しるべを建てて
教えて下さっているのです
わたしは四国に来て
道しるべのありがたさに打たれ
やっと人間らしい人間になり
人生の道を歩けるようになりました
お互い「愛の道しるべ」に向かって
進んでゆきましょう
光は必ず射《さ》してきます
声も必ず聞こえてきます
守り導いて下さる方があるからです

解脱と脱皮

母が嫁入りの時、長刀《なぎなた》の免許皆伝、鎖鎌《くさりがま》の免許皆伝の巻き物を持ってやってきた話は、これまで母を語るたびに書いてきたのであるが、それと一緒に本ものの長刀一振り、稽古《けいこ》用の長刀数本、それに練習用の鎖鎌もちゃんと持ってきて、いつも大事にしていた。長刀は大きいから遊び道具にはならなかったが、鎖鎌は珍しくもあり、持って歩けるので、これを使ってよく遊んだものである。なぜ、ここでこういうことを書くかというと、わたしは酉年生まれなので、守り本尊は不動明王なのである。だから不動明王とは深いつながりがあり、毎日拝んでいる。その不動明王さまは、右手に鋭い剣を持ち、左手には綱を持っていられる。それであれを見るたび、わたしは母が持っていた長刀や鎖鎌を思い出すのである。

母は三十六歳で未亡人となり、残された五人の幼い子たちを育ててきたが、その労苦は大変なものであった。そうした世事のいろいろの困難を、長刀や鎖鎌で解き放ち、払いのけしながら生きてきたと思う。長男のわたしは母と共に働いてきたから、人よりも早く世のさまざまなことを知った。人間のいろいろな姿も見てきた。

多くの人は不平や不満や不運を体いっぱいに背負い込み、刻み込み、自分自らをがんじがらめに締めつけ、一層自分を苦しめているのである。そういう人をじっと見続けてきた。人間の業《ごう》といってしまえば、それまでだが、この業をどう解き放って、自由の身にするか、それを不動明王は教えているのである。

わたしは華厳経《けごんきょう》と縁が深く、お経の中でも華厳経が一番好きであるが、そんなことから「念ずれば花ひらく経」という新しい現代詩訳の経本を出している。

その第十三章に、

わたくしに解脱の門を示したまえ
わたくしに解脱の門を開きたまえ

という言葉がある。わたしというのは善財童子のことである。童子は本当の悟りを得たいために、五十三人の善知識を大変な困苦に耐え歴訪し歩くのであるが、この解脱とは、その文字が示すように、すべてを解き放ち、すべてを脱ぎ捨て、まったくの自由の身となり、自由の世界に入ってゆくことである。善財童子だからできて、われわれにはとてもできないと思ったら、この話は意義をなさない。世尊は善財童子のようにお前たちもやるのだ、と言っておられると受け取り、受けとめて、自分は自分なりに修行し精進をしてゆく。そこに入法界品《にゅうほっかいぼん》の意義と価値とが生まれてくる。

ぴかぴか光っていた刃物もいつの間にか銹《さび》がつく。だから砥石《といし》で研がねばならぬ。長い航海を終えた船は必ずドックに入って、船底についてきた貝がらや藻類を落とす。人間は生き物だから、それ以上にいろいろのものがくっつき、どうにもならなくなっている。それに自縄自縛という言葉がある通り、自分で自分を縛って動きがとれなくなり、狂いそうになっている。この傾向は、これからいよいよ増加してゆくであろう。それは毎日のテレビや新聞で見聞きする多くの犯罪によってもわかる事実なのである。

不動明王は、この金縛《かなしば》りのようになった人間どもを、あの綱でくくり、あの剣で解き放つため出現されたのである。わたしはそのことを思うたび、母が持っていた長刀と鎖鎌のことが浮かんでくる。母もどんなにか切り捨てたことであろう。それが解脱なのである。そうするともうフラフラもグラグラもしない。

不動とは、動かない世界に入ることをいう。

キリスト教の詩人八木重吉の詩に、

木と草はうごかず　人間はうごく
しかし　うごかぬところへ行くためにうごくのだ

というのがある。これがわからねばならぬ。

現代人のほとんどがノイローゼにかかっている。自縄自縛病である。だから一日も早く解き放ち切り捨てねばならぬ。

世尊は蝶《ちょう》を見るといつも合掌されたという。蝶の脱皮の見事さに畏敬《いけい》と羨望《せんぼう》とを感じていられたからであろう。

光と風のなかを
生まれたばかりの蝶が
飛んでゆく
歴史を作るかのように

これは脱皮した蝶をうたったわたしの詩である。

酉年の子

今年は酉年、わたしは酉年の子である。わたしは酉年に生まれたことがうれしくてならない。ありがたくてならない。

わたしの詩に「一羽の鳥の物語」という長い詩があるが、その中で、みそさざいという鳥に、こう語らせている。

いつかしんみん先生がおっしゃいました
わたしが生まれたとき
まっさきにやってきて
母におめでとうございましたと
お祝いを言ってくれたのは
みそさざいだったそうよと
それを聞いたときは
本当にうれしかったです

みそさざいは冬の鳥である。わたしは一月六日生まれの冬の子なので、鳥でも花でも、冬の鳥、冬の花が好きである。こういうことを自覚しだしたのは、ずっと後のことだけれども、この酉年に生まれたことを、このごろわたしは天地の神々のおん守りのように思えてならない。

生まれた家の記憶はないが、父と暮らした最後の家は屋敷も広く、広縁から川を上下する帆掛け船が見え、庭の一隅には村一番の大きな一位樫《いちいがし》の大木があった。そこにはいつもふくろうが住んでいた。だからわたしの幼年時代は、このふくろうから始まっているといってもよい。天から降りてきた魔法使いのような姿で、ふくろうはいろんなことをわたしに告げ語ってくれた。また春夏秋冬いろんな渡り鳥が、この木目当てにやってきては、まだ知らぬ遠い国々の話を聞かせてくれた。

わたしはこの木の下で、父が買ってくれたロビンソン・クルーソーの話や、日本の神々の話を読んだ。数え年七歳から九歳までのころである。

そのころわたしはあひるを飼っていた。朝早く鳥屋《とや》の中からあひるを出してやり、ガヤガヤ、ガヤガヤ鳴きたてるあひるを下の川に追い放しておき、夕方になるとまたわたしがあひるたちを集めて小屋に入れてやる。この日課はわたしのものであった。このことは今思い出してもたのしいものであった。

鶏も飼っていた。朝早くから雄鶏《おんどり》の鳴く声を聞くというのは、実にいいものである。今は鶏を飼うと、あの声がやかましくて寝られず勉強もできない、公害だ、飼うなといって、鶏の声も聞かれなくなったことを思うと、あのころの日本は好かったなぁとしみじみ思う。わたしなどあの声が今もなお耳の中にあって、あの声に励まされて起き出た少年のころがなつかしくてならない。

ちゃぼという小さい鶏がいるが、これに卵を抱かせて何度雛《ひな》をかえさせたことだろう。生まれたばかりの子は実に可愛《かわい》くて、どこへでもついてきたものである。

ただわたしは今日まで籠《かご》の中で鳥を飼ったことはない。わたし自身が何ものにも縛られない自由人であることを、何よりの願いとして生きてきたので、籠に入れて飼うことは一切しなかった。これはわたしの性分からきているものである。

鳥のことを思うと、聖書の中のイエス・キリストの言葉が浮かんでくる。

それだから、あなたに言っておく。何を食べようか、何を飲もうかと、自分の命のことで思いわずらい、何を着ようかと、自分のからだのことで思いわずらうな。命は食物にまさり、からだは着物にまさるではないか。空の鳥を見るがよい。まくことも、刈ることもせず、倉に取りいれることもしない。それだのに、あなたがたの天の父は彼らを養っていて下さる。

という言葉が、酉年生まれの鳥の子のようなわたしには、一番美しい言葉としてひびいてくるのである。

またアメリカの女流詩人エミリー・デッケンソンの詩に、

若《も》しわれ心痛みたる一人だに救い得ば
わが生活は無駄ならず
一人の憂慮《うれい》を去り得なば
一人の苦痛《なやみ》を医《い》し得なば
弱りし鳥の一羽をば
助けてその巣に帰し得ば
わが生活は無駄ならず

と歌っているのを知ったときも、感動を禁ずることができなかった。

わたしは青春の四年間を伊勢の五十鈴川のほとりで過ごしたのであるが、あそこは神域であり禁猟区なので、川に住む魚も木々に群がる鳥たちも、実にのびのびとしていて、昔ながらの姿、昔ながらの声で生きている。あの山ふところで聞いた鳥たちのさわやかな声は忘れることができず、あの川で知った魚たちの恐れを知らぬ生き生きした姿は、今もわたしのポエジーの根源となっている。

わたしが山部赤人《やまべのあかひと》から万葉集に入ったのも、

み吉野の象山《きさやま》の際《ま》の木末《こぬれ》にはここだもさわく鳥の声かも

とか、

ぬばたまの夜《よ》の更《ふ》けゆけば久木生《ひさぎお》ふる清き川原に千鳥しば鳴く

や、

百済野《くだらの》の萩の古枝《ふるえ》に春待つと居《を》りし鶯《うぐいす》鳴きにけむかも

などの鳥の秀歌があるからである。

現代の作家では中勘助先生が一番好きである。それは先生ほど純粋高貴な人は他にないからであり、先生の詩にたくさんの鳥が出てくるからであり、『鳥の物語』という名著があるからである。

わたしは若くして日本を脱出し、鳥のように流転流浪の生活をしてきたが、敗戦により故郷九州に帰ってきたものの、すぐまた渡り鳥の習性が頭をもたげて、四国へ渡ってきた。ここでもまた転々として居を変え、やっと今のところにおちついた。それは近くに一級河川の川があるからであった。川もまたつねに流れ、つねに流動している。これもわたしの性分と同じなのである。

酉年生まれの者の守り本尊は不動明王である。だからわたしは机の真上の壁に、弘法大師筆といわれる不動明王のお絵像をかかげ礼拝している。

しんみんよ、この綱と剣とを見よ、この意味がわかるか、目を見開いて見よ、といつも言ってくださるのである。

酉年生まれの者は鳥のようにつねに動く。しかし人間は動かないところに行かねばならぬ。そういう自己自身をつくりあげる人間のために、仏菩薩はいられるのである。

今年は酉年、酉年生まれの者のため出現してくださった不動明王さまのみ教えを、しっかりと聞いて、この一年を送ってゆこう。

お地蔵さまとわたし

オン　カカカ　ビサンマエイ　ソワカ（地蔵菩薩真言）
わたしがどうして地蔵菩薩さまの信仰を持つようになったか、それはわたしの悲しみの歴史を辿《たど》らなくてはならない。
わたしは『石笛』という一冊の歌集を世に出している。その中に「白象受胎」から始まって

「告知」「茜雲」に終わる一連の短歌が載っている。その悲しい連作の最後の歌に、こんなのがある。

目も見えず乳も飲み得ぬ子がひとり賽《さい》の河原にさまよふらむか

妻が産気づいたのが朝の八時ごろ。それからずっと苦しみ通しで、妻の力は尽きてしまい、午後四時ごろやっと生まれたが、息は絶えていた。

顔が尋常でなかったらしく、子の顔を知っているのは助産婦さんと母だけで、わたしが見たときは顔いっぱいに白い布が巻かれていた。でも手や足はしっかりしていて変わったところはなかった。

わたしはその晩、この命はかない子と枕《まくら》を並べて寝た。結婚当初から子どもはできないと言われていたわたしたち夫婦に、摩耶《まや》夫人と同じようにやっと恵まれた最初の子であった。

ゆびのつめ美しくしてまるまると肥えゐし吾子《あこ》を忘れ得めやも

息絶えて生まれし吾子《あこ》の愛《は》しき手にさやりなげきし夜を忘れず

という歌を作っている。

歌集の他に『あかねの雲流るるとき』という随筆集を自費出版し、この子を偲《しの》ぶ記念とした。

茜草《あかねぐさ》土にし生《お》ふるときにして待ちにし子ろは逝きてかへらず

かなしみのやや癒《い》えし日の夕まぐれ茜の雲に吾子《あこ》や乗り来む

この二首をわたしは巻頭に載せた。

子を死なせた悲しみだけなら三十一文字の歌にし、あるいは、その悲しみを綴《つづ》ることで、わたしは信仰にまでいたらなかったであろう。

しかしもう一つのことを書かねばならない。それはこの子の霊が、妻と子と、妻のおなかにいた子まで救った事実である。

戦争は敗北に終わり、外地にいた者は何一つ持たず引き揚げた。その時この子の形見として朝夕礼拝していた美しい日本人形を、妻はどうしても持ってゆくと言う。わたしはそんな大きな人形を、この混乱の中でどうして持ってゆけるものか、と言って反対したが、妻はどうしてもきかなかった。そして釜山《ふざん》（韓国）でまったく思いもかけないことが起こった。別々の船に乗せられてしまったのである。その時わたしたちは軍服を着ていたから、そんなことになったようである。

ある人が船の中で言った。奥さんはおなかが痛むと言って動ききらずにおられました、と。わたしは直感した。あの大混乱の中で流産したらだれが助けてくれよう、おんぶしている子も、おなかの中の子も死んでしまうだろうと。

わたしは、あの時ほどわたしの霊感が働いたことはなかった。

この話を書けば長くなるので書かないけれど、あとで聞けば茜の形見である人形が、母子三人の命を救ってくれたという。今わたしの一家族が、こうして無事に暮らしていることのできるのは、まったくこの子の霊のおかげなのである。

そういうことから、わたしは、この子を通して霊魂の実在を信じ、信仰の道にも入り、また地蔵菩薩さまという方が本当に存在して、目も見えず乳も飲み得ぬ、この子をお守りしてくださっていることを確認することができた。もしわたしが何の不幸も持たず初めから子に恵まれていたら、お地蔵さまの前に手を合わせても、それは単なる菩薩さまとしてだけのものであったろう。しかし路傍のお地蔵さまにも足をとめて「わが子茜をお守りください」と念誦《ねんじゅ》するのは、この子が他の子とちがい身障の子であったからである。わたしは川原に立つと、「目も見えず乳も飲み得ぬ」の歌を誦し、お地蔵さまへお礼を申し上げるのである。そういうわたしだからかもしれないが、不思議とお地蔵さまがお出《い》でくださる。

　タンポポ堂のお地蔵さまについてしるそう。

可愛いご一体のお地蔵さまは、この家に移り住んだ翌日、そのころ島根県の出西窯《しゅっさいがま》にいた若いＹ君が持ってきてくれたものである。今彼は立派な陶芸家になっているが、そのころはまだ陶工見習いであった。自作の小さいお地蔵さま一つを持って訪ねてきてくれたのであった。その時わたしは彼に言った。Ｙ君、本当にありがとう。この家に最初にお出でになった仏さまがお地蔵さんであったことが、わたしはとてもうれしい。本当によくお地蔵さんを持ってきてくれたね、と何回も言った。花を持った可愛い小さなお地蔵さまである。あとで聞けば高校の時、親友が交通事故で亡くなったので二体お地蔵さんを作り、一体は自分で祭り、一体をわたしに持ってきたということだった。

もう一体は、このお地蔵さまより少し大きいが、これはわたしの詩の愛読者の一人の方が下さったもので、結婚する前の記念として作られたという。乙女《おとめ》の清純さというものが、そのまま表れている実に気品に満ちたお地蔵さまである。

わたしは机の上に置いて、お守りくださいと念じていたが、こわれたらいけないので今は仏壇に置いているけれど、陶磁器で、こうも上品な相がどうして作れるか、いつも不思議に思うほどである。男だったり、年をとったりしていたら、このやさしさ、この清さは、とても出せないのではないかと思う。

もう一つのお地蔵さまは、その才を惜しまれて亡くなられた木彫家のMさんからいただいたものである。〝百倶供養第廿六番〟と台座の裏に書いてある。

それからタンポポ堂には珍しい六体のお地蔵さまがおられる。これもこれから木彫一筋に生きようとしておられたとき、直腸ガンで亡くなられたSさんが、わたしのために作ってくださった、こけしそっくりの親子六体のお地蔵さまである。一番大きいのが十五センチ半、小さいのが八センチ、それぞれに延命地蔵、法印地蔵、法性地蔵、陀羅尼《だらに》地蔵、地持地蔵、宝性地蔵と、わたしが書いている地蔵さまである。子どもたちが病気になり、どうしても熱がさがらなかったり、咳《せき》が出て苦しんだりするときは、この六体のお地蔵さまを、子どもの枕もとに置いてわたしは祈った。そうするといつも不思議に熱がさがり、咳がとれた。材がアメリカ松なので年輪が実にきちんと出ており、恐らくこのようなお地蔵さまは、わたしの家だけにいられるのであろう。

小さかった子どもたちも大きくなり、三人とも他家に嫁いで、枕もとに置いてお祈りすることもなくなってしまったが、わたしにとってはなつかしい大切なお地蔵さまである。

わたしは一遍上人が好きだが、わが先達《せんだつ》は空也《くうや》上人なりと言われた。その空也上人作といわれる『賽の河原の地蔵和讃《わさん》』がある。「これはこの世のことならず」という美しい言葉から始まる有名な和讃である。わたしは時々わが子茜の位牌《いはい》の前に、この和讃を誦するが、となえるたびに涙が流れてならない。わたしの来るのをお地蔵さまのおそばで待っているからである。だから、あの世に行ってまっさきにお礼を言わねばならぬ。いつか少女の姿になって会いにきてくれたのであるが、ああお地蔵さまのおかげで、こんな美しい顔になったのかと心から感謝した。一番心配していただけにとてもうれしかった。

わたしの著書に仏像詩とその写真集『み仏は風の如く花の如く』というのがある。その中には地蔵菩薩に捧げた詩が三つある。その一篇をあげておこう。

美しい美しいお地蔵さま

花を摘んでは
お地蔵さまに
水を汲《く》んでは
お地蔵さまに
遊びつかれて
お地蔵さまの
み手に抱かれ
ねむっている

そういうわが子を
おもうたび
お地蔵さまの
限りないご恩が
こみあげてきて
この美しい美しい
お地蔵さまに
手を合わす

この本を読んでくださる人がみな、この詩をほめてくださり、書にかいて出品したりしてくださる。みなそれぞれ心の底に、忘れ得ない悲しみを抱いていられるからであろう。この世から子への悲しみの絶えない限り、大地に立って、いつも守ってくださるお地蔵さまへの信仰は消えないであろう。

オン　カカカ　ビサンマエイ　ソワカ

茜

わたしは雨の降らない限り毎暁「明星礼拝」を続けているが、明星は雲に覆われて見えない日がある。しかし日の出を告げ知らせる茜の雲はたいてい現れて、わたしを喜ばせてくれる。その雲に茜がいるからである。わたしは雲に向かって茜よ、お父さんを守ってくれと告げ祈る。夜明けの空は生命に満ちていて実に美しい。旅に出るときなど特にわたしは、この祈りを強くする。茜は今もわたしの中に生き続けているのである。

わたしは歌集『石笛』を編むとき茜の歌だけは全部載せた。短歌から詩に転じた今でも時々歌集を紐解《ひもと》くことがあるが、それは茜の歌を読むときである。

わたしの居るところをタンポポ堂と言っているのは、わたしの愛するタンポポが庭に生えているというだけではなく、タンポポの花の台座の上に座っていられる可愛いタンポポ観音さまを祭っているからである。これはわたしたちの命の恩人である茜の霊を拝むため、利根白泉《とねはくせん》先生にお願いして描《か》いてもらったもので、おそらく他にないただ一つの観音さまであろう。
歌集から茜の歌をあげてゆこう。歌は「白象受胎」から始まっている。

白象受胎

八つちがいのゆえに結婚当初から、子供はできないものと言われてきた。そうした迷信を信ずるわたしたちではなかったけれども、どうやら、それは適中したようにも思えた。しかし神仏の力によってか、わたしたちにも六年ぶりに奇蹟のようなよろこびが生まれてきた。

子を欲《ほ》りて妻がいふ言《こと》のかなしさは夜天《やてん》の星もききにつらむか
冬句ふ白梅のごとあがつまのはらみふくらむはいつならむかも

夜《よる》ふかく悉達多《しつだつた》は母摩耶《まや》の四十の子とぞおもひなぐさむ

まどかなる夢に入りきし白象《びやくぞう》の摩耶受胎伝ひそかにひもとく

告知

擬宝珠《ぎぼうしゅ》のましろき花の咲く家に妻みごもれり奇蹟のごとく

日をくりて汝《な》がいふからにみなづきのみづみづし夜の恵みに泣かゆ

相あひしいのち太りてゆくからに我が処世観転ぜんとする

わが妻のおもひはつねに子ろにゆきすでに産衣《うぶぎ》を縫ひそめにける

よろこびの母の手紙を神棚にあげてをろがむ朝あさ妻と

生れくる汝《なれ》らの子ろをおもふゆゑ戦ふ子すら忘るよと母は

いくたびか夜なかに起きて吐く妻の背なかをたたく蚊帳《かや》の外にて

林檎《りんご》汁妻に飲ますと夜半《よは》起きてつめたきあかき林檎を擦《す》るも

いたはりつつ妻をし早く寝かしめて机に向ふ浄きたかぶり

ふくれしと汝《な》がいひしかばほとほとに愚かになりて欣求《ごんぐ》の涙

路傍《みちばた》の石さへはらむ年なりと愛《かな》しきことをききしものかも

錦木《にしきぎ》の紅《あけ》に染まりてゆくなべにふたりのいのち動き初めける

あきらめて添ひ来し妻がみごもれや真白小米《ましろこごめ》の返り花咲く

青空の浄き日ふたり樹《き》の下《もと》に三人《みたり》にならむ身の幸《さち》を乞《こ》ふ

よろこびを産衣《うぶぎ》にこめて母うへのおくりましける鯉《こい》をどる衣《きぬ》

生れくる吾子《あこ》が大事とわれとつま浄らにい寝て秋闌《た》けにけり

血を継ぎて生れくる子のこと思《も》へばおろそかならじわれの命は

茜雲

すべては虚《むな》しい雲間の光であった。運命はわたしたち二人を地につきおとしてしまった。一切が闇となった。ただ茜と名づけることによって、二人の心にやっと支えるだけの光と色とを見出して生き堪えたが、かなしみはなかなか癒えるものではなかった。

かなしみをひたしりぞけて昼はあり夜更けて涙とめどなく出づ

やうやくにわれらこころをいたはりて寝るまでなりぬ幾日かたちぬ

いくたびか夢にすら見し吾子《あこ》ゆゑにみな無《む》になれり幸《さいはひ》うすし

生れくる子ろを思ひて力湧き励みしこともいまはむなしき

妻も我も今の孤独は堪へがたし逝きにし子ろの名を呼びかはす

一《ひと》すひの乳も飲まずに逝きし子におもひはゆくか乳足《ちた》らふ妻よ

無《む》になれりせんすべもなきかなしみに夕陽《ゆうひ》は赤くにじむ今日《きょう》また

釈妙教孩女は愛《は》しきわが子にて思はぬときに涙しながる

こころいたむ夕ぐれの空風もなく雲おもおもとひんがしにゆく

百《もも》の樹《き》の新芽《にひめ》はげしく吹く風にをののき顫《ふる》ふわれのこころも

またできるよとたはやすく言ふは酷《こく》ならむ夜半《よは》に目覚めて涙す
われは

かなしみより立ちあがるべしと雪の上《うへ》に照る朝つ日の道を踏み
ゆく

かなしみのやや癒えし日の夕まぐれ茜の雲に吾子《あこ》や乗り来む

こころ起せと鞭打《むちう》つわれをいつの日か神はあはれと思召《おぼしめ》すらむ

ある朝はあをき海こひある夕はたかき山こふみだれごころに

子を連れてふるさとの土《つち》踏みゆかむねがひもいまはむなしきろ
かも

また二人寂《さび》しく住みてゆかんとす移り来し家《いへ》のいちはつの花

ゆびのつめ美しくしてまるまると肥えゐし吾子《あこ》を忘れ得めやも

倒れじとひと夜嵐とたたかひし百千《ももち》の樹々《きぎ》の根をこそ思へ

初盆もすぎて

息絶えて生れし吾子《あこ》の愛《は》しき手にさやりなげきし夜《よる》を忘れず

目も見えず乳《ちち》も飲み得ぬ子がひとり賽《さい》の河原《かはら》にさまよふらむか

以上四十二首記したが、今もなお悲しみを新たにする。それはわたしの心の中に今も生きているからである。

子を亡くした人たちは、わたしたちだけではない、たくさんある。でも、この子はわたしたちにもう一つ忘れてはならない、大きなものを与えてくれた。

今日わたしたち一家が幸せに生きているのは、まったく、この子のおかげによるものである。わたしは、あとから生まれた子どもたちへも、そのことを知らせておこうと、手紙体で書いたことがある。苦しみはもっと切実だったが、歳月が過ぎていたので、悼歌のような愛別のひびきを出すことはできなかった。

茜より母さんへ

お母さん、釜山でお別れしましてから、もう何年にもなるような気がいたします。じつはまだ一年にもならないのですが、わたくしを本当の子供のように可愛がっていただいた、たのしかった日のことをなにかにつけて思い出します。

お母さん、あなたがわたしのことをアメリカの兵隊さんにおはなし下され、お荷物をたのまれたとき、まっさきにかけつけてきて、いちばんにこにこしていらっしゃったのが、スミスさんという方でした。とてもやさしい親切なほがらかな人で、港のおつとめもすんで、もう帰れる前だったのです。なんでもクリスマス前までには、ぜひお国のほうに帰るんだと、それはかりお友だちにいっておられました。

わたしはどんなに幸せだったでしょう。その晩からスミス中尉さんのお部屋にいっしょにねおきし、朝起きられてから夜寝られるまでわたしに話しかけては、お国のことや、まだ見ぬめずらしい島々のことや、早く帰って生まれ故郷の町を見せてやりたいとか、広い牧場にいく頭もいる白い牛や大きい犬のことなどをお話し下され、はじめは言葉がちがうのでわかりかねたのですが、そのうちだんだんすこしずつわかるようになり、いまではすらすらお話までもできるようになりました。

ある日のことでしたが、何を思い出されたのでしょう、ひょっと戦争の苦しかったことをお話しなさったことがありましたが、その時わたしがなんだか悲しいような顔にでもなったのでしょうか、それからは決して戦争のことはお口になさることはありませんでした。たぶんわたくしにさびしい思い出をさせたくない、やさしいおこころづかいからだったのでしょう。

お母さん、わたくしがスミス叔父さんにいだかれて太平洋を飛行機で越え、無事アメリカにつきましたのは、もうクリスマスが明後日《あさって》だというにぎわいのさいちゅうでした。母さんも知っておいでのようにサンフランシスコといえば、アメリカ合衆国の西海岸で、もっとも大きな港です。気候もいいところですし、美しい大理石や花《か》こう岩《がん》でつくった建物が高くそびえ、また工場街には朝から晩まで機械がうなっており、港にはいろいろのお国からきたきれいなお船が、それぞれの旗を絵のようにひるがえしております。

スミス叔父さんのおうちは、もう何代もの前から牧場主だそうで、さわがしい街からは少し離れていますが、高い台地に建てられていますので、わたしの窓からは街のようすも海の美しさも、一目に見おろされるのです。

きょうは初めてのお便りなので、ペンをとるまえまでは、あれも書きたい、これもお知らせしたいと、胸いっぱいに持っていたのでしたが、高い窓からひろびろと続く海の波を見ておりますと、その波がこんどみんなでお出でになった、美しい海岸の町の砂浜にまで続いているような気がいたしまして、寄せてはまたかえす波の音が、お父さんのお声にきこえてきたり、お母さんのお歌にきこえてきたりしまして、これからは波にわたしの思いをいろいろと語っておきましたら、それを波たちが、そちらへいつも伝えてくれるのではないかと思われるのです。

もうそろそろ夕ぐれの色が、海の上にもしのびよってきました。しばらくすると電燈のきらめく大都会らしく美しい夜の景色に変わってゆきます。牛もそれぞれ牧場から自分のねどこへ帰ってゆきました。スミス叔父さんもすぐお帰りになりましょう。きょうはこれでペンをおきます。そのうちまたアメリカの珍らしいことや、クリスマスのにぎやかだったことや、飛行機の旅のおもしろかったことなどをいろいろお便りします。

母さんのおしあわせをはるかにお祈りしつつ。

梨恵子ちゃん、佐代子ちゃんにも、どうぞよろしくお伝えください。父さんには別にお便りを書きます。

茜より父さんへ

雲の美しいときはいつも忘れず思い出すようにとおっしゃって、茜とおつけくださった父さんのお心を考えますと、いつも涙ぐんでしまいます。わたくしを本当の子供のようにお思いくださって、毎朝あいさつをかわしてくださったり、珍らしいものがあればいつも買ってきて、お供えしてくださったり、お客があれば、きまってわたしのことをお話しくださったり、またわたしのためたくさんのお歌をつくってくださったり、かずかずの御親切やたのしい思い出が、いちどきにまぶたにうかんでくるのです。

あの時、お父さんは母さんたちと思いもかけず、別れ別れになってしまわれましたので、わたしも父さんにお別れのあいさつも、お礼のことばも申しあげず、こちらへきてしまいましたのでしたが、そのことがいつも心に残って相すまない気持でいっぱいでございます。しかしわたしの小さな力で母さんもよろこんで下され、御無事にお国へ帰られることができましたとかで、わたしはせめてそれが今まで可愛がって下さったお父さんへの御恩がえしができたような気がいたしまして、自分の心をなぐさめているのでございます。母さんへのお手紙にも書きました通り、わたくしは今とても幸せにくらしております。スミス叔父さんも本当にいい人ですし、牛や犬たちともすぐ仲良しになりました。わたしのお部屋の一方の窓からは広い広い青草の牧場が遠くまで見えますし、一方の窓からは父さんのお国につづく海原が、ひろびろと見おろされますので、すこしもさびしいことはございません。

お父さん、茜は幸せですから、かなしまないで下さい。はるか海をへだててはおりますが、お父さんのお好きな海をいつもながめておりますと、父さんとお話ししているようなたのしい気がしてまいります。

あまりおからだのご丈夫でない父さんなので、ごむりなどなさらないようにくれぐれもお願い致します。また、たびたびお便りいたしましょう。父さんもお便りをお願いします。

父さんのお元気を心からお祈りしつつ、父さんたちの海べのたのしいお家を思い描きながら。

父さんより茜へ

わたしたちがいよいよ引き揚げるとき、あなたをどうしようかとずいぶん母さんと論議しました。わたしは新しく入ってこられたアメリカの兵隊さんに差し上げたら、クリスマス前にアメリカへ着くことができ、どんなにか喜ばれるだろうと思って、しきりに母さんに言ったのです。また、もう一つの理由は、沢山の引き揚げ者と押しあいへしあいして汽車に乗ったり、船に乗ったりするうち、いままで大事に大事にしてきたあなたの手を折ったり、足をくじいたりして傷つけなどしたら、どんなに可愛そうかと考えて、いくたびとなく、そのことを母さんに言ったのでしたが、母さんはどうしてもあなたを手ばなしきれなかったのです。どんなにしても母さんはあなたを一緒に連れて帰りたかったのでしょう。わたしはそれでもう母さんに言うのをやめました。きっと母さんは自分が産んだ茜の魂があなたの体に乗りうつっていると信じ、あなたと共に国に帰りたいと決心していたのでしょう。いよいよ引き揚げの日になって、汽車に乗り込むときのさわぎは、それはそれは大変なものでした。梨恵子ちゃんは母さんにおんぶされているし、お荷物は人一倍持っているし、まだ佐代子ちゃんは母さんのおなかのなかにいたし、父さんはひとりで大変な苦労でした。あなたの手や足を折ったりしては、せっかく持ってきたわたしたちの心が通らずに、却《かえ》ってあなたを悲しくさせることになるので、どんなにはらはらしたことでしょう。本当にあなたが無事ならば、わたしたちも無事で帰り着くことができるとまで心に念じあったほどでした。

ところが思いもかけないことがおこってしまい、父さんは、母さんたちと別れ別れになって、お船に乗せられてしまったのです。その時の父さんの苦しみは一生忘れることのできぬ苦しさだったと、いまでも思います。幸い母さんも梨恵子ちゃんも無事で日本の港に着くことができましたが、それはまったくあなたの魂が母子《おやこ》のいのちを救ってくれたのだと、父さんは心から信じています。
もともとあなたは父さんがあまり悲しみに沈んでいたので、父さんの受け持ちの女生徒たちが、町じゅうで一番うつくしい人形をさがしもとめてきて、どうか、このお人形を亡くなった茜ちゃんだと思って可愛がってくださいと、心をこめて贈ってくれたものでした。身も心も弱りきっていられた母さんは、それをどんなによろこばれたでしょう。わたしたちはあなたをまんなかにしてお写真をとり、おばあちゃんに送ったこともあります。おばあちゃんは、茜ちゃんが生まれることを誰よりも待ち遠しく待っていられましたから、よろこびが大きかっただけ、かなしみも大きかったのでした。茜ちゃんのお骨壺《こつつぼ》を抱いて帰ってゆかれたおばあちゃんの姿を思うたびに、わたしたちはあなたに茜の霊のよみがえりを乞うたのでした。

ゆびのつめ美くしてまるまると肥えゐし吾子《あこ》を忘れ得めやも

小さい位牌を求めてきて、この歌を書きしるしました。そして乳も飲まずに昇天した茜とあなたとを別々に考えることは、わたしたちにはとてもできなかったのです。そんなわけで急に引き揚げるときも位牌だけは、父さんがしっかと抱いて持ちかえったのでした。

今から思うてみると、父さんと母さんとそれからあなたとくらしていたころが、一番さびしかったのでしょう。珍らしいものをいただけばすぐにあなたに供え、おいしいものをつくればすぐにあなたに食べてもらい、人形とはいうてもわたしたちの心は、生きているわが子と同じような思いで、あけくれを送っていました。美しい振り袖《そで》を着て、黒々とした髪をおかっぱにし、すこし下を向いてはにかんでいるような澄んだ瞳《ひとみ》、わたしたちにはどうしてもあなたをただの人形とは思われなかったのです。あなたのはいている白い足袋《たび》をじっと見つめていると、歩きだすのではないかと錯覚《さっかく》をおこしたりなどするのでした。

あなたのことを思うと、あなたをわたしたちに贈ってくれた純心なをとめたちのことが自然浮かんできます。彼女たちもみなそれぞれ引き揚げてきたことでしょう。父さんも幸い良い職があり、四国へ渡り、みんなと父さんの好きな海のそばの町に住むことができて、これよりうれしいことはありません。

あなたの窓から見える波も、わたしたちのおうちから見える波も、同じ太平洋の波です。もういくさもすんで、仲のよい波です。

ここまで書いてきて、しばらくペンをおき、窓をながめると、父さんがいつも茜ちゃんを思い出すように名づけた茜の雲が、夕方の波の上に映って美しく流れてゆきます。

父さんはどんなことがあっても、あなたを忘れることはないでしょう。どうぞいつまでも美しく過ごしてください。けっしてけっして悲しんだり、淋《さび》しがったりなどしないように、くれぐれもたのみます。そのうちまたお便りしましょう。スミス叔父さんによろしく。

母さんより茜ちゃんへ

茜ちゃん、ごぶじでアメリカにおつきになったよし、あなたのお手紙を見て母さんは胸がどきどきするほど嬉しく思いました。

父さんのお手紙にも書いてありますとおり、まったくあなたはわたしたち三人の命を救ってくれた大恩人です。もし引き揚げのさいあなたを一緒に連れてこなかったら、わたしたちはどうなっていたでしょう。思っただけでも、ぞっとするような目にあっていたかも知れません。

父さんとは別れ別れになるし、おなかにいる赤ちゃんはなんだか痛んでくるし、梨恵子ちゃんはおんぶされたままで、まだ歩くことはできないし、お金の検査や、予防注射や、消毒やら、あちらに行きこちらに行き、重い荷物を持ち歩いているうち、母さんはもうすっかり歩けなくなってしまいました。早くお船に乗らなければ、同じ組の人たちにおくれてしまうと気はあせりながらも、どうすることもできず、泣きだしたいような気持ちでしばらくうち伏していた時でした、母さんがあなたをアメリカの兵隊さんに差し上げ、そのかわりに重い荷物をお船に積み込んでいただこうと思ったのは。今から考えてみると、あの時わたしの耳にきこえたのは、きっとあなたが母さんの危難をお救いしようと、まごころから言ってくれた神さまのような声だったにちがいありません。

港の監視に立っていられた将校らしいアメリカの兵隊さんと、四、五人の兵隊さんたちは、美しいあなたを一目見て、自分があなたをもらおうと先をあらそって、みんなでお荷物を船まではとどけて下さったのです。母さんはあなたと別れるのがとてもつらかったのですが、背なかの梨恵子ちゃんのことや、おなかの赤ちゃんのことを思うと、どうしてもあなたが、わたしたちの身代わりになってくれて、この危難を救っていただきたかったのです。

きょうのお便りであなたがわたしたちと無情と思ったり、うらんだりしてはいなくて、むしろ自分の小さな力で、母さんたちの危難をお救いすることができたことをよろこんでいることを知り、母さんはどんなにうれしかったことでしょう。母さんもサンフランシスコというアメリカの大きな街のことは、女学校のとき地理の時間で教わりましたので、目をつぶってもすぐうかんできます。

あなたの言う通り、アメリカの海も、日本の海も、一つの海で、わたしも、ここの浜辺に立っていますと、その波の歌が、あなたの美しい歌声のように思われてなりません。

母さんも、その後元気です。帰ってから無事生まれることができた佐代子ちゃんも、すくすくと病気ひとつせず育っています。まったくあなたのおかげです。どうぞどうぞいつまでもわたくしたちを守ってください。

あなたの幸せを心からよろこびながら。

りえこよりあかねねえさんへ

ねえさんとおわかれして、おばあちゃんのおくにのきゅうしゅうにかえったのは、じゅういちがつのなぬかでしたが、そのよくじつすぐ、とうさんたちといっしょに、ねえさんのおはかにおまいりしました。おばあちゃんが、のぎくをたくさんおうえになったのがいっぱいさいていて、ほんとうにおねえさんのようなきがしてなつかしくてなりませんでした。ばあちゃんは、おじいちゃんにいだかれてねむっているおねえさんのことを、いくたびおはなししてくださったことでしょう。わたくしがもっとおうきくなったら、とうさんやかあさんから、いろんなおはなしをきかせていただこうとおもいます。わたくしはまだちいさいので、アメリカのことはしりませんが、サンフランシスコということは、もうじょうずにいえるようになりました。はやくがっこうにゆけるようになって、せんせいからアメリカのことをおしえていただこうと、それがまちどおしくてなりません。なんだかやさしいおんなのひとのようななまえをなつかしくおもうことでしょう。わたくしも、おとうさんおかあさんのおっしゃることをよくきいて、よいこになりたいとおもいます。

さよこちゃんも、もうこえをたててわらうようになりました。ねえさんがいられたら、どんなににぎやかなことでしょう。わたくしはおねえさんのぶんもいっしょに、さよこちゃんをかわいがってゆこうとおもいます。

ことしはかぜをひかないようにと、まいにちとうさんと、かいすいよくにいっています。まだおよげないわたくしは、うつくしいいしをひろったり、はまべのおふねにのせてもらったり、きれいなかさをさしてなみにゆられてあそんでいるくらげさんと、おはなししたりして、たのしくあそんでかえります。

あるひのこと、とうさんが、このうみはおねえさんのいるアメリカのサンフランシスコまでつづいているとおっしゃって、いろいろうみのおはなしをしてくださいました。おとうさんのおはなしでは、このまちにはおうきなぼうせきこうばがあり、そこにはアメリカのわたがたくさんおふねにつまれて、はこばれてくるということでした。わたくしもはやくおうきくなって、りっぱなおふねにのり、あかねおねえさんのいるアメリカへわたってみたくてなりません。おねえさん、いつまでもうつくしくしあわせでいてください。

茜と茜人形とは、梨恵子だけでなく、わたしにも二重写しの写真のように、いつも重なって出てくる。それがまた何ともいえずなつかしい。

実を言うと茜の顔は、わたしも妻も知らないのである。知っているのは助産婦さんと、子どもが生まれるというので朝鮮まで来てくれていた母だけである。電話があって勤めから急ぎ帰ったときは、白い布で顔一面巻いてあった。母は詳しく話してくれなかったし、わたしも深く聞こうとはしなかった。それだけに不憫《ふびん》でたまらなかった。目も見えず乳も飲み得ぬ子がひとり賽の河原にさまよふらむか、と歌ったのも、そういうことからである。

神さまのお顔も、仏さまのお顔も、だれも見たものはない。だからみんなが美しいお顔に描き、美しいお顔に彫るのである。現実は悲しかったけれども、美しい茜人形がわたしたちの悲しい心を慰め和らげてくれた。

さきにも書いたように、今タンポポ堂にはタンポポ観音像がかかっている。これは茜観音とも言ってよいのであって、わたしたち一家を救ってくれた茜を祭っているのである。その茜が会いにきてくれたことを書いておこう。これはわたしにとって大きな転換になる出来事だったからである。

それには、この詩をあげておかねばならない。

三月八日

三人の娘を嫁がせ終わって
わたしたち二人の思い出は
今も賽《さい》の川原《かわら》で遊んでいる
茜のことにおよぶ
きょうは天気がいいので
歩いて四十八番札所《ふだしよ》の
西林寺にお参りする
茜よ
お前の命日の三月八日は
観音日であるし
十一面観世音菩薩と刻んである
梵鐘を二人で撞《つ》いて

お前の冥福《めいふく》を祈る
乳も飲まずに
あの世へ行ってしまった
茜よ
お母さんの撞く
この鐘の音を聞いてくれ
そしてわたしたちがくるまで
お地蔵さまと一緒に
遊んでいてくれ

この詩は昭和五十年四月の『詩国』に載せたものである。わたしの地蔵菩薩信仰も、茜のことからきている。わたしは時々深い悲しみに落ち、早くあの世へ行って、お地蔵さまありがとうございました。長い間大変お世話になりました。きょうから、この子と遊びます。とお礼を申し上げたい気持ちになることがあった。これは家族に対しても、わたしの延命を乞い願う人に対しても、よいことではない。それで、こういうことが起きたのだろうと思う。昭和五十一年九月号の『詩国』に「美しい霊」と題する詩を発表した。

なにかのひょうしに
わたしはベッドからずりおちた
その瞬間すうっと蚊帳の中から
一人の少女が出ていった
薄衣《うすぎぬ》の裾長《すそなが》の服を着ていて
わたしに明るい横顔を見せ
外に出ていった
むろんガラス戸があり
カーテンもかけてあったが
それらはそのままに出ていった
そしてしばらくのあいだ

出ていったところが
電燈《でんとう》をつけたように光っていた

あれからわたしはあの姿を
ずっと思い続けてきたが
今暁やっとそれがわかった
ああ
あれは茜の霊だったなと思った
だから梨恵子に似ていたんだと思った
わたしは今日《こんにち》まで不幸な生身《なまみ》の
茜のことばかりを思うて
長い間悲しんできたが
茜は霊の姿になっているのだ
だから天使のような美しい姿をして

やってきたのだ
タンポポ堂というのも正しく言えば
タンポポ観音堂なのである
白泉先生に茜のことを話して
タンポポの台座の上に坐《すわ》っている
少女の観音さまを描いてもらい
祭ってあるので
そう名づけたのである

蚊帳の中から出ていった少女は
もう少し大きかったが
たしかにあれは茜だったのだ
もう茜は淋しい川原にはいないんだ
美しい少女になっているのだ

それを知らせにきてくれたのだ

茜はまたわたしを救ってくれたのである。この茜の出現以来、一日も早く茜のいるあの世へ行こうという、わたしの名状しがたい遁世《とんせい》の思いが、ぷっつりと切れてしまった。茜は観音さまのおかげ、お地蔵さまのおかげで、美しい顔になったのである。お父さん、もう悲しまないでくださいと、わたしに会いにきてくれたのである。

あの日から茜の雲に乗ってくる茜の顔がはっきりしてきた。わたしの顔も明るくなり、茜よ、お父さんを守ってくれと、大空の茜雲にも、大地の茜草にも、呼びかけるのである。

旅終い

今から思うと、あれはもうわたしの旅終《たびじま》いであった。あんな旅はもうあれから二度としなかった。世も変わり、人も変わり、本当の旅というものが消えていった感がする。古いノートに記されているある年の旅をなつかしみ読みながら、あのころの純粋さと一途《いちず》さとが、今のわたしを鞭打ち励ますのであった。初心の旅と言ってもよいよい旅であった。

三月二十三日

三時起床　『白隠禅師集』の続きを読む

凡《およ》そ見性《けんしょう》して生死《しょうじ》の家を出づるを、都《すべ》て名づけて禅門出家と為《な》す。剃髪して親の家を出づるを云《い》ふにあらず。（壁生草《いつまでぐさ》）

この言葉はいい

臥《ふ》しゐたる妻も漸《ようや》く起き出でて明日よりの旅の心安らぐ

三月二十四日

二時半に目覚め三時起床　風が強い　『白隠禅師集』の続きを読む

禅師集読み了へ旅に出でなむとあかとき起きて向ひけるかも

いくら要《い》るとも言わぬわたしに
だまって縫いこんでくれる妻よ
下着のポケットにいくら
ワイシャツに袋をつけてそれにいくら
財布にいくらと入れてくれる妻よ

引き揚げて来てから人からも世からも
遁《のが》れようとばかりしていたわたしの

初めてのこの長い旅よ
そのかみの芭蕉《ばしょう》翁の心を恋いつつ
まだ見ぬ人を山を川を瞼に
仏祖々の遺跡を夢に描く

とうちゃんどこまで行くの
東京まで
ほんと？　遠いね
いつ帰ってくるの？
そうね　なるべく早く帰ってこようね
家を出ることもまた出家というや悲し

人はすしを食いみかんをむき
旅の車に楽しそうなれど

わたしは吹雪を見つめ
家の子らを思う

私鉄に乗り換えるまで時間があるので正宗禅寺を訪ねる
子規《しき》居士の髪塔に詣《もう》で　鳴雪翁の髯塔《ぜんとう》に手を合わせ　かつて白隠禅師がこの寺にいましたこ
とを思い本堂に額づく
雪霏々《ひひ》として降る

大耕舎にて

舎主在宅　明日から旅に出るからというて　寒い風の中で畑を耕していられる　わたしはそ
こに行って話し本当においでいて下さってよかったと思い鶏舎をのぞいたりした
大耕舎主大いに笑っていられる写真がある　こんな無心の笑いがどこにあろうか

須賀さん訪問

お寺と聞いていてもすっかり焼けて暗い道にわたしは幾度か道を見失った
以前は立派なお寺であったろう　そう思いながら門を入り　初めて奥さんおばあさんに挨拶《あいさつ》する
疲れた体に一服のお茶のうまさ
星美しい夜送られて出る
わたしの旅の第一歩が開始された

三月二十五日

旅の車窓に明けた第一日　朝の雲が美しい

倉敷にて

倉敷はすべてが白い　白の美である

道をきくと皆親切に教えてくれた
アスファルトの道がつきると川があり　今橋という石の橋があった　その橋には希臘《ギリシヤ》風の彫
刻がしてあった
その川に面してロダンの像が二つ巨然として立っていた
右に大原総一郎
左に大原良子
と書いた表札があった
その家の連子窓のなんという美しさよ
また張られた障子の白の美しさよ
わたしはすっかり魅せられて家の裏にまわってみたが　かつて見たこともない異様な美しい
線の家であった

大原美術館にて

やわらかい日の光に

ユトリロの絵が　ボナールの絵が　ゴーガンの絵が　ゴッホの絵が　モネの絵が息している
わたしはソファーに身を埋め　目をつぶって　全身全霊にて見る
朝飯いまだ食わねば心身自ら清浄　初めて嗅《か》いだ泰西名画の油の香であった

神戸は夜の化粧を終えたところだった
原伊肚磨《いとま》氏出迎えて下さる
この人信念の人　求道《ぐどう》の人　熱心な基督者《キリスト》にして歌人　十一時過ぎまで聖談

三月二十六日

原氏は本当の見神の人　多忙な身を三ノ宮駅まで送って下さる
別れて涙ぐましくなる

京都にて

一日作《な》さざれば一日食はず（百丈禅師）
西田寸心先生筆のものをかかげ　赤い椿《つばき》一輪挿してある部屋にて　柳田静江さんと対面する
わたしは柳田さんの胸中を推察し　この人に神仏の加護を乞い祈った
柳田さんの涙に濡《ぬ》れた美しい顔よ

京都発富山行の夜行車は永平寺参詣団体で身動きも出来ず一睡も出来ず　ただ十句観音経を唱え
昼間道すがら西谷さんから聞いた　柳田さんの厳しい求道の生活を思い続け　柳田さんの幸福を念じ続けた

三月二十七日

苦しい夜行車で一睡もできず三時四十分春寒の福井駅に着く　永平寺七百年大遠忌の赤い大

提灯《ちょうちん》がさがっていた　牛乳一本飲み旅の疲れをいやす

さすがに北陸の山野は寒く　つみわらに深々と霜がおり　山々には雪がまっ白く降っていた
東古市というそば屋などある駅にて乗り換え　長畝行の電車に揺られて行く　始発の電車は
わたしと他の三人を乗せて走る
ハウネという田の中の駅に降りたのは　油けのない髪をした　男のマントを着たおかみさん
とわたしだけだった
メガダニケ　マッスグニユクゲ　と東北弁まるだしで　わたしの問いに答えてくれたその素
朴なひびきが　その服装に似合わず好感がもてた
雪のまっ白くつもった山に向かって一すじの道を行く　縦横に小川が流れている　雪の山か
ら流れてくる川らしく　まことに清らかに澄みきった水であった　わたしは初めての北陸の一
すじの道に立って山頭火を思った　まっすぐな道でさみしい　とうたった山頭火を
まだ日は出ず　もずが鳴き　ひよが鳴き　もうすぐ四月というのに　秋の日のようなきびし
い空気をしていた

一晩中眠れなかった頭に北陸の風がしみとおる

真乗院にて

山号を仏眼山という　荒壁が出来あがったばかりの小庵《しょうあん》　天井もまだ張ってない　本堂は大震災の激しかったことを物語るかのようにぺしゃんこになっているけれど　若い夫婦で法域を護っている姿はいい　嫁さんは二十一、二か　遠来の客を迎える若い妻がわたしにはいじらしくてならなかった　ここに来て待っていて下さった僧にして歌人の杉本勇乗さんと久しぶりに会い　その夜枕を並べて眠る

三月二十八日

蕗《ふき》のとうの出ているたんぼの中を走る列車の中で　紙製のコップでビールを飲み　お互いの仏縁歌縁を語り　名残りは尽きないが　勇乗さんは自坊の若狭の寺へ　わたしは永平寺へと向かう

いつまた会えることだろう　山々には雪がまだつもっていた

永平寺にて

今日は雨　山は雪
老母たち多く　母をおもいのぼる
不老閣で山中孝淳尼さんにお会いし　ゐろりを囲みお茶をいただき　新築中の貴賓室を見せてもらう　道元禅師伝を下さる
山内の樹木千年を越え　雪がまだうず高くつもっている

いも舎への道

岐阜も初めて　風が冷たい
夕日　町の窓々に射し傾くころ　いも舎のある愛宕山《あたご》への道を尋ねつつ行く
一人の中年の女の人　さあ　あたご山ね　たしか実践女学校のある山だね
一人のこれも中年の女の人　映画館　しっとりますじゃろ　そこをまわってゆかっしゃれ

一人の中年の男の人　知らんね
一人のにこにこした母親　森さんね　あそこの写真屋をまわって　え、　すぐです
石の山　愛宕山　夕日石に射し　麦畑に射し　いも舎その麓《ふもと》にありて　大歓喜の人ここに住します

いも舎にて

ここではすべてが大歓喜の世界　はるばるとわたしが恋うてきたのも　この世界に触れたかったからだ　この稀有《けう》なる人に会いたかったからだ
すべて拾ったものだという油壺　皿　徳利　大小さまざまの石　それがみんな鎮坐して光っている
描いてくれ描いてくれと叫んでいる
節太郎さんの絵　実篤さんの絵　武蔵野の逸民安衛門さんの字　哲学者能成さんの書みんな生きている　いもと一緒に
星が輝いていた　露天の風呂にてすっかり旅の塵《ちり》をおとした

二畳の天地　大歓喜の絵が生まれる別世界　わたしは舎主と茶を喫し菓子をいただき　夜の更けるのも忘れた

愛宕山群れ立つ石に入つ陽の輝く時に訪ね来にけり

枕べに画聖芋銭の書を置きていも舎の床《とこ》にい寝《ぬ》る縁《えにし》よ

はるばると訪ね来にける美濃なるいも舎の夜を忘れざらめや

三月二十九日

もろもろの鳥の囀《さえず》るこえきこえいも舎の夜の明けそめにけり

日の光射して朝《あした》の諸鳥《もろどり》のさえづる窓に坐しゐたりけり

静かなる朝の光や床《とこ》の間の石も光れりいもも光れり
向ひなる松盛山に射す光縁《えにし》は深くここに来にけり

春光愛宕山にみなぎる
万年の石をなで
翁と宇宙の不可思議を語る
ああわれら二人出づる日に手を合わせ
しばしこの霊気霊光を吸わんとす
翁両手をひろげ円を描き
魂の底より画業の願成を祈らる
われまたそのうしろに立ち
わが詩作の上にも諸仏諸菩薩護持の
更に垂れ給《たま》わんことを切念す

暁天清浄にして　妙音天地に満ち　自ら身のしまるを覚えたり

愛宕山頂上にて

愛宕山の巌頭《がんとう》に身を寄せ
翁と美濃の町を眺め
遙《はる》か長良川の輝くを見る
火山系に似し山々町を囲み
美濃の平野麦青々たり

おつゆの中のせりの匂いが
わたしを素直にさせ
三杯も重ねていただいた
美濃のお米がおいしかった

岐阜市笠松町福証寺にて

パンを買って行ったが　どうぞどうぞとひきあげられ　おいしいおすしご飯を御馳走《ごちそう》になった　これもお四国お大師さまのおかげか

暁烏敏師《あけがらすはや》

先生は白いよだれかけをかけ　まったくお地蔵さま　思わず手を合わせる　御食事なさるのをおそばで見つつ　仏縁の広大不思議なるを思う

食事のあとに薬を飲み　法話のあとに注射をし　仏法弘布《ぐふ》のために砕身される　尊い姿を目《ま》のあたりに拝し　悲壮なるものに感涙を覚えた

ああ盲目の老詩人よ　世界平和への熾烈《しれつ》な言葉をわたしは忘れないであろう

一の宮妙興寺に宿する

夕ぐるる妙興禅林の門に立つ無雙《むそう》霊域の文字のよろしも

静かなる禅院の座にひとりゐて田かはづのこゑをききつつなごむ

三枚のふすまに描ける獅子《しし》の眼のするどき眼をばひたなつかしむ

わがそばにかしこまりゐて給仕する雲水僧の若くやさしも

竹筒にさせる一輪の丹椿やこの閑静はわが恋《こ》ふるもの

伊予の国吉田の里ゆきましたる宗義禅士と語りけるかも

疲れたる心にひびく田かはづのこゑをききつつひとり寝むとす

田かはづのこゑのみきこえくる夜《よる》の僧堂にいねて何か思はむ

三月三十日

石に刻む太陽禅庵の苔《こけ》の道朝の光の射してしづけき

椿《つばき》落ちひよ鳴きわたり竹林に朝の光のかがやきわたる

諸鳥のこえのこもりて苔の道こころしづかにわが歩みけり

大応国師のおん眼の光に向ひつつ観音経を唱えまつれり（開山堂）

刈谷駅にて

三河吉田行という汽車に乗る

伊予吉田駅から出発したので

奇《く》しき思いがし　青い車に揺られて行く

大浜駅に降り立ちて

清沢哲夫さん　あなたとわたしとの縁が　こうも結ばれていることが実に不思議でなりませんでした　大浜駅で初めて口をきき初めて道を問うた人が　あなたのお父さんなのでした　わたしは哲夫の父です　と言われた時のわたしの驚きを想像して下さい　わたしは偶然とも必然とも　そんな言葉で言い表し得ない仏恩の広大無辺さを　この時ほど感じたことはありませんでした

あなたのお父さんは　わざわざわたしのために　左に行っていられたのを右に引きかえして涼風舎への道を教えて下さいました　あなたとわたしとの縁が　こんなにして自然に結ばれこんなにして開展してゆこうとは　思えば思うほど感謝感激でわたしの心はいっぱいです

涼風舎

床には暁烏先生の「汝自当知」の書　お写真　書棚には阿含《あごん》を中心とする一切経典　現代詩大系　ゲーテ全集　掛けてあるのはあなたの生活を語る托鉢《たくはつ》の黒衣と網代笠《あじろがさ》　置いてあるのは大いなる鉄鉢　聞けば暁烏先生印度仏跡巡拝の折の土産《みやげ》とか　西は庭となり南無阿弥陀《なむあみだ》の大き

な碑があり　焼場の跡に建つ涼風舎こそ　日本に正法仏教の新風を樹立する竹林精舎《ちくりんしょうじゃ》なりと独り思う　壁面には祖父満之《まんし》先生のお写真あり　舎主心豊かにして　温容自ら人を包み　今の世に実に得難く珍らしい人　ああこの縁を仏縁と言わずして何ぞ　与仏有因　与仏有縁と手を合わす

涼風舎僅《わず》かに四畳半なれど　天地自然を容れ　一切衆生も容れ　一陣の涼風この混濁の世を吹き払えと　わたしは仏前に手を合わせた

海岸にて

氏と連れだちて野を行き畑を過ぎ　海辺にいたる　近々と知多半島を望み　わたしはかつてここに住んでいた新美南吉を思うた　また氏と宮沢賢治を語り　波打つ石に思いを馳《は》せた　特にわたしが感動したのは　家を出て乞食《こつじき》托鉢を決意するまでの修羅苦悩だった　旅の疲れも忘れてわたしは偉大な体験の世界に聞き入った

三月三十一日

哲夫さんと西方寺にいたる　一つには御父上に昨日のお礼を申し　一つには満之先生のお寺に詣でたいからであった　先《ま》ず清沢満之先生の碑を拝し（この碑よし）御両親および妹ごさんにお会いする　昨日からのことで他人のような気がせず　お茶などいただき　朝のお勤めの座に列し　朝食をいただく　あたたかいわかめのおつゆは　御令室の温かい心のあらわれ　ハワイのお祖父《じい》さんから送ってきたというコーヒー　チョコレートなどいただき　また清談

雨がぽつりぽつり落ちてきた　雨の中を送って下さる　一期一会という感がしきりにした
涼風舎の白い障子が目にしみる　見えなくなるまで車窓を開けてふりさけつつ　碧南《へきなん》の町を去る

岡崎駅にて

奥さんの心づくしのお弁当をひらく　ひらいて涙がにじんだ　心をこめてにぎってくださったおにぎりとおすしの数々　そのまだあたたかいのを口にふくんで　ふしぎなる縁《えにし》をおもう

歯の弱いわたしではあるがつけものの　つくだにもみんな食べ　入れて下さった箱は大事にして持って帰ることにした　たまごもまだあたたかかった　このたまごも托鉢のものであろう
外は雨　わたしの心は自ら感涙にむせび　残った塩も大事にしまいこんだ

奥山線奥山着

すでに日暮れ　暗然たるなかに　雨烈《はげ》しく降る　われ傘なく　道知らず　如何《いか》にせんと　しばし立ちいたり　しかれども仏またここにも在《いま》せり　一人の僧山に向かい上りゆかれるを見われ走りて道を問う　僧欣然《きんぜん》として同道し給え　われもまた奥山方広寺に行くなりと言い傘に入れ　更に濡れざるようにと左手をわが肩にかけ　深々とわれを入れて　遠路の労をねぎらいなどして大樹うっそうたる山道を導き登り下さる　五百羅漢坐したもうという岩道を　ああわれは心に手を合わせつつこの人仏なりけりと謝したてまつる
かくして無事に奥山の大本山方広寺に着くことができた

すばらしい会席

旅なれない不注意のため一列車おくれて着き　思わぬ貴い盛大な会席の宴に座することができた
九十四歳の紫山《しざん》老大師を首座として　新管長となられる河野宗寛老師　各派管長その他名僧高僧来賓　ずらりと並ばれる中に　四国代表として参列させていただき　宗寛老師自ら一同に紹介して下さる
すべて精進料理の粋《いき》なるものにして
膳《ぜん》も椀《わん》もすべて総朱塗りの見事なるもの
わたしは特に遠来の客なれば周囲の人々
その労をねぎらい言葉をかけて下さる
ああ仏縁深うして　このようなまたとない席に列し　更に打坐《だざ》専一を誓った

四月一日

古鐘鳴り響き夜明けわたる
夜来の烈しい雨晴れ　白雲老樹の間を悠として遊ぶ
今日は参禅の師河野宗寛老師臨済宗方広寺派管長晋山式

雨晴れて五百羅漢もほほ笑みて迎へますらむ晴れの儀式を
晋山式とは　お坊さんのお嫁入りならむ　晴れやかにして　人々らそのあとに続き　緋《ひ》の衣
紫の衣　大きな傘　楽こそ鳴らね　楽しき思いにてわれも行列のあとについてのぼりゆきたり

紫山老大師

夕餐《ゆうさん》を前管長紫山老大師ならびに新管長宗寛老師と共にいただく　九十四歳になられる老大師の何というかくしゃくたるお姿か何という温容か　挨拶に出たわたしをじっと見つめて　この人お医者さんねと言われる　すると宗寛老師　いや詩を作る人ですと言われた　この観相の

お言葉がありがたかった

四月二日

宗寛老師のお部屋にてお茶を一服いただき更に別室にて朝餐をいただき、八時山を下る

原駅を過ぎ　松蔭寺を車中から拝し　白隠禅師願塔など拝見し過ぐ

東京四時半着　東京第一夜

四月三日

昨日は雹《ひょう》が降ったという寒さ　今日は一片の雲もない晴

中勘助先生訪問

三時玉川瀬田の家を発《た》ち　電車に乗り　弟と地図を持ち　中野駅に下り　荒井町四七一番地

をさがす
やっとさがしあてた　胸がわくわくする　戸口に書いてあるお言葉がいい

お出での方はよびりんをおして下さい
出てこなくてもしばらくお待ち下さい
決して留守はいたしません

とある
字がとてもいい　中先生の御文字である　よびりんをおす　こえがして奥さまが出てこられ
あけて下さる
よごれているからと階段をふかれ　階上の一室に招じ下さる
中先生に初めて対面する　感激感激　この感激は生涯忘れじ
お茶お菓子（棒長チョコレート）をいただく　奥山方広寺の半僧坊にお詣《まい》りされた時のお話
藁科《わらしな》時代のお話などを聞く

おいとましようと下におりたら　いまおすしを持ってこようとしていましたと　奥さましきりに言われ　また弟と二人で二階に上り　おすしをいただきながら先生と話をつづける　床の間の掛けものも先生らしく右の方の棚には仏像めいた人形があった　先生と奥さまは道路まで出て詳しく道を教えて下さった　帰途わたしたちの心は興奮と感激でいっぱいだった

空には一きれの雲もなく　半月が美しく輝き　星の綺麗《きれい》な夜であった　四月というに吐く息さえ白く風は冷たかったが　先生にお会いした感激で寒くは感じなかった

弟はこの日の記念として　中野駅前の花店から　根のついた木犀《もくせい》を求めた　わたしは弟に染香人《ぜんこうにん》というお経の中の言葉を話した　本当に中先生はそんなお方である

自ら香《か》に立つ人よ銀の匙《さじ》

四月四日

詩人であり画家である宮崎丈二さんを訪ねる　思ったよりお若い　昨日はいなかったがと言

われるねずみもち（植物）のお茶をいただく　このお茶ブラジルコーヒーの如《ごと》くうまし　ロダン作の首像あり　宮崎さんのかかれた千家元麿さんの死顔の額あり　高村光太郎と一緒の写真あり　高村さんの話　伊予にこられた時の話などなさる　きなこをつけたおもちをいただく

一緒に詩人高橋新吉さんの家を訪ねる

宮崎さんのいかにも詩人らしい和服姿　ステッキが実によく似合う　帽子のかぶり方もいい

新吉氏在宅　寝ていられたと見え　布団を敷いてあった　思ったよりよい家

奥さんは留守だった　七輪で火をおこし　茶を入れて出される

こんなまずい茶は飲んだことはないだろうね　今日は三円しかないんだよ　だからねているんだ

こんなところは新吉さんらしくてよい

八幡浜（愛媛県）の連中に詩集を送ったが返事もよこさない　返事をくれたのは木村八郎（画家）だけだ

苦笑する詩人のその明るさがよい
帰る時　書き損じだが記念にやろうといって　仏像を描いて自作の和歌を書いた色紙を下さる　こういうところに禅人高橋新吉氏らしい磊落《らいらく》さが出ていて　わたしにはしみじみとしてくるのである
何も土産として持ってゆかなかったので　外に出てから卵を買って持っていったら大変褒められ喜ばれた

夜　神宮通りにある弟嫁の家を訪ねる　今父上は越前から出てきて大きなそば屋を開店していられるが　道元禅師を永平寺へ招いた波多野義重公の直系で　系図など見せて下さり　現在全国波多野家会の会長などしておられ　色々話を伺い　帰ったのが十二時半終電車であった
空はくもっておぼろ月であった

四月五日

中河与一先生訪問

成城駅前の交番の巡査さんの親切だったことは忘れてはならない　道をちょっとまちがえて教えたといって　自転車でおっかけてこられた　麦田の中に遊んでいる男の子に尋ねたりして漸くわかる　最後は雑誌の配達をしている本屋さんが教えて下さった　執筆中というので応接室でしばらく待つ　デュッフヒーの絵二点　コクトオのデッサン一点　雅澄の書一つ　縞《しま》模様の花瓶には連翹《れんぎょう》桃が活《い》けてあり　立派な部屋である　『天の夕顔』などのアルバムなど見つつ春苔尼先生を想う　時計十一時を打つ　周囲静かにして庭木に鳴く鳥の声しきり　先生目をこすりながら出てこられる　執筆中の小説の構想などについて話される　一時打つ　帰ろうとすると一緒に昼食して行って下さいと云われ　食堂にて　先生　夫人　わたし三人　広いテーブルにていただく　幹子夫人と短歌の話をする

いくたびかところを尋ねたどり来つ沈丁《じんちょう》咲きて匂ひける庭

デュッフヒーの絵のある部屋にひとりゐて涙ぐまんとするこころなり

美しき人を心に描きつつ天の夕顔の写真帖見つ

四十雀《しじゅうがら》松の木の間を飛びかいてしづかなる部屋に師と向ひけり

岡野直七郎先生訪問

岡野直七郎先生の新居を初めて訪ねる　電燈がついているので　誰かいられることがわかり安堵《あんど》する　声をかけると返事があって奥さんが出てこられた　先生もいられるのがちらっと見えて大安心する　待つこと二十分余　床の間には師前田夕暮の半切がかけてあり　人麻呂の像などがある　新居らしくまた新家庭らしき眺めである

先生と久しぶり対面　先生の話は物価庁をやめ銀行に勤めての近況雑感　短歌の話ほとんどなさらず淋し　対座一時間余　おいとまする

今夜は月が美しい

弟と二人で新開路を帰る

四月六日

今日も気持のよい晴天　今まで都の外郭ばかり歩いたので　今日は都の中心に出　ブリヂストン美術館を見学する
ユトリロの絵の前に　三たび四たび立つ
ホワイトの時代の絵にして　何という清純さだろう
ロダン作「青春の女」の像の足にふれ　心おののく
ゴッホのボリューム　この気魄《きはく》
マイヨールの女の顔の素直さ
夜十時東京発　弟の手を握りしめて別れる

春子さんに

あなたの御親切が身にしみて　目をつぶっていると熱いものがにじんできます　あなたを弟の嫁に来てもらおうと思った日のことなど思いうかべて　夜の列車にゆられ東京を離れました

横浜駅にて

高田幸子さん見送ってくれる　まさかと思ったがホームに出てみてよかった
八木重吉さんの詩集にサインをして別れる

車中にて

長い旅であった
ありがたい旅であった
仏縁詩縁の不思議さを
こんどの旅ほど感じたことはなかった
東京駅に着いてやっと間に合って

荷物をあげ座席についた時
何もかもが感謝で心はいっぱいだった
合掌しつつ涙ぐみつつ
華やかな東京を去った

四月七日

春子さんに

あなたの心づくしのお弁当を
野の果ての彦根城を見ながらいただきました
疲れた体にいなりずしのうまさが身にしむようでした
車内には清い朝日が射して
感謝で涙ぐましくなりました

四国連絡船は小雨
長い旅を終えて四国の山々が見えてくるともう四国はわたしの故郷のような感じさえしてきた
降る雨はまたわたしのその時の切ない心でもあったのだろう
香川県と愛媛県との県境川之江あたりまでくると
桜が咲きこぼれていた
わたしは母のふところに帰ったような
温かい気持になり
待っている子供たちのことを思った

帰宅1

三人の子たちはもうやすんでいた
風呂にはいったと見えきれいな顔してねていた
わたしはつくづくと子供たちの顔を見て
待っていたであろう子供の名を

一人一人呼んでみた

帰宅2

風呂がわいていたので風呂に入り
旅の疲れをほぐし
妻にありがたかった旅のいろいろの話をした
仏縁の広大さを語った

帰宅3

佐代子がちょっと病気したそうだったが軽くてすみ
家を発つ時やっと起きたばかりの妻も元気になっていた
大乗寺の照山さんが何度も立ち寄って下さったという
手紙一通書かなかったことを詫《わ》びながら
明日は早速電話でお知らせしようと思い

長い旅を無事終えたことを感謝しながら床についた

わたしの祈り

祈願という言葉を分析すると、祈は基督教的であり、願は仏教的である。

わたしは仏教の家に生まれ、満八歳の時父が急逝した。わたしはそれ以後毎日夜の明けるのを待ち、共同井戸の水を汲みに行き、臨終に会えなかった父の「のどぼとけ」にお水をあげ、父の守護を切願した。これはわたしが中学（旧制）を終え、上の学校に行くまで続いた。上の学校というのは伊勢にある神道系の専門学校であるが、学問にあまり興味を持つことができず短歌ばかり作っていた。

多感な青春の日々を伊勢の海や川や山が、どんなにわたしを慰め励まし、柔らかく抱いてくれたか。母なる神を祭る自然というものを、わたしは胸深く知ることができた。これは実に尊い大きな体験であった。

時は茫々《ぼうぼう》と流れ、国はかつてない敗戦の惨苦を嘗《な》め、わたしも引き揚げ者として故郷九州に帰ったが、縁あって四国に渡り住む身となり、深い仏縁に恵まれ、新しい詩境が展開してきたのである。

さて最初に書いたように願とは仏教的であり、行的なものであり、わたしの血の中にも、求道的なものが強く流れていて、遂《つい》に参禅するまでにいたったのであるが、時宗の開祖一遍上人を知るようになって次第にわたしは、すべてを捨てて大いなるものに己を託し祈るようになり、それが基督教に接近してゆく機縁となり、今は亡くなられたが祈りにおいては最高最大の人といわれる手島郁郎師にめぐりあうことができたのであった。わたしはこの人によって祈りというものを本当に知ることができた。

なぜこのような個人的なことを書いてきたかというと、仏教も神道も一応身につけていたわたしが、祈りというものを身につけることの至難さを語りたかったからである。

マタイによる福音書には、こう書いてある。

あなたは祈る時、自分のへやにはいり、戸を閉じて、隠れた所においでになるあなたの父に祈りなさい。すると、隠れた事を見ておられるあなたの父は、報いてくださるであろう。また、祈る場合、異邦人のように、くどくどと祈るな。彼らは言葉かずが多ければ、聞きいれられるものと思っている。だから、彼らのまねをするな。あなたがたの父なる神は、求めない先から、あなたがたに必要なものはご存じなのである。だから、あなたがたはこう祈りなさい。

（第六章）

とあって、祈りの言葉が述べてある。

わたしは正師について参禅したので、坐は身についているが、祈りというと何かしら異質的なものがあり、祈りに徹するまでには相当の時間と修練とを重ねた。何度も言うが一番大切なことは身につけることである。だからこれはあくまで自分のことなので、あまり人には語りたくないのであるが、もしわたしの祈りに共鳴してくださる方が一人でもあればと思い書いてみよう。

まず午前三時三十六分になると暁天祈願をする。この時刻に決めたのは、この時刻が野鳥の目覚める平均時刻だからである。酉年生まれのわたしだから、鳥の目覚める時刻に合わせたのである。むろんわたしはもっと早く起きているのであるが、二時から四時までの間を、わたしは純粋時間と言っている。宇宙の霊気が一番充実して、生き生きしている時間だからである。

わたしはわたしの好きな朴《ほお》の木の下で祈る。だからわたしの祈りを一番よく知っているのは、この朴の木である。時には朴の木の幹に額を当てて祈ったりする。そんな時は朴と一体になる思いがする。また時には五位鷺《ごいさぎ》が頭上を鳴いていったり、ほととぎすが鳴いていったりする。鳥たちは酉年生まれのわたしを同族だ思い、近づいて力づけ励ましてくれるのだと思う。

暁天の大地に立って、月のある時は月に向かい、月のない時は星に向かい、腹いっぱい光を吸飲して祈る。

その最初の言葉をここにあげよう。わたしはこれを三つの祈りといっている。

一つ、宇宙の運命を変えるような核戦争が起きませんように

二つ、世界人類の一致《ユニテ》が実現しますように

三つ、生きとし生けるものが平和でありますように

わたしがあえて幸福をうたわなかったのは、幸福というものは、各人の心の問題だとしているからである。

この三つの祈りをとなえたあと、わたしは詩縁の方々の平安を祈り、家族の無事を祈り、詩願の成就と『詩国』賦算《ふさん》の達成とを乞いたてまつる。そのとき首にかけているのはブッダガヤの菩提樹《ぼだいじゅ》の長い数珠に、二千年の樹齢を持つエルサレムのオリーブの木の一片がついている、わたし独自のものである。

この暁天祈願はわたしが参禅をするようになってから始めたもので、長い歴史を持っているが、職をやめて少し時間にゆとりができたので明星礼拝を始めた。

すぐ近くに一級河川重信川があり、初めは此岸《しがん》の堤防で礼拝をしていたが、交通事故があったりしたため、川にかかっている長い橋を渡り、彼岸の堤防に変更した。わたしはこれを此岸から彼岸へのジョギングと呼んでいる。すべてが駆け足だからである。この辺一帯の眺めは実によく、四国連峰があり、霊峰石鎚《いしづち》の山があり、天地広濶《こうかつ》、夜明けの霊気霊光が身にしみ透《とお》

る思いがする。わたしは星々の光が消え、最後にただ一つ残って光り輝く明星が見えなくなるまで立ち、母なる星を礼拝し祈る。基督教では明星は聖母マリアの光として礼拝するのであるが、わたしは虚空蔵《こくうぞう》菩薩の真言をとなえて礼拝する。それは虚空蔵経に「明星の出で給う時に声を上げて礼《らい》を作《な》すべし」とあるからである。また周知のように明星は釈尊成道《じょうどう》の星であるので、わたしには特に尊いのである。

わたしは詩を作り、詩誌『詩国』賦算が、わたしの使命であるから、暁天祈願の時は、その成就を、明星礼拝の時は、そのエネルギーを与え給えと、光を吸飲し祈るのである。弱い体で『詩国』賦算が二十年、ひと月も休刊せず続けられたのも、すべては暁天祈願、明星礼拝のおかげだと思っている。それにしても祈りというものは坐禅《ざぜん》とちがい、正式に習っていないので、本当に身につくまでには長い間かかった。現在でも決して十分とは思っていない。わたしの最近の詩に「祈り」と題する、次のようなのがある。

どうにもならない
宿命の重荷を負い

あの人も
この人も
苦しんでいる
救ってやれる力もなく
ただ祈るだけである
ああその祈りも
とどく力があるだろうか

という詩である。病床にあるTさんという方が、この詩をハガキに印刷し、病む人々に配られたということである。わたしはその時、ああ祈りが届いたなあと思った。かすかな祈りでもいい、一人ひとりの小さな祈りが大きなものとなり、それが人類の平和に連なっていくのである。

第二部　光と風のなかを

はまゆうの花

わたしは山部赤人《やまべのあかひと》から万葉集に入ってゆき、柿本人麿《かきのもとのひとまろ》の歌を本当に自分のものとするようになったのは、ずっと後のことだった。それはわたしの性質性格のゆえであろう。人麿の強い激しい悲しみや愛を知るためには、もっと苦労を重ねねばならなかったのである。

もののふの八十氏河《やそうじがは》の網代木《あじろぎ》にいさよふ波の行く方《へ》知らずも

み熊野の浦の浜木綿《はまゆふ》百重《ももへ》なす心は思へど直《ただ》に逢《あ》はぬかも

わたしは、こういう歌から人麿へ近づいていった。
そんなことから、浜木綿《はまゆう》の花が咲くころになると、妙に人に会いたくなる。それは相会えぬ歎きが、万葉以来、この花にこもっているからであろうか。それとも、わたしが、この花を思い続けてきたがゆえに、わたしを特殊な体にしてしまったのであろうか。

海を愛する激しさから、いつの間にかわたしは、この花と切っても切れぬ仲となってしまった。

四国にわれを待ちたるは
たおやめならぬはまゆうの
花火にも似し白き花
うつつともなく咲き消ゆる

こんな四行詩を作ったのも、もう久しい前となった。

四国の海はまったく美しい。ことにリアス式海岸地帯の美しさは、心救われる思いがする。

そういう海岸に群生しているのが、浜木綿である。

夏雲の湧《わ》き立つ、黒潮の打ち寄する南国の海は、何か古代を思わせるものがある。そんな浜辺に群生している浜木綿に触れていると、原始のエネルギッシュなものが伝わってくる思いさえる。

深い海の底まで見える澄みきった紺碧《こんぺき》の波、サンサンと光る南海の太陽、海女《あま》の体のような肉づきのよい茎に、夢のように白い花をつける浜木綿の花は、あの海の画家クールベが「海は恋愛と同じく、自分にエモーションを与えてくれる」と言った言葉が思い出される。

わたしは不思議にも最近浜木綿を三株もらった。一つは若いM君から、もう一つは、これも若いKという人から、もう一つはNという未亡人の人からである。前の二株は黒潮寄する孤島の野生のものであって、実に逞《たくま》しいものである。二人とも肩にかついで持ってきてくれた。後の一株はNという方が大切に育てた実生《みしょう》のもので、心のこもった贈り物であった。三つともわたしの庭での文化財のように大切なものである。

先日夜市に行くと、わたしの前を大八車をひいて行く人がある。ふとみると浜木綿を二株持っているではないか。呼びとめて聞いてみると「そうですね、どれも十年以上になります。もうめったにないようになりましてね。鉢ごとおゆずりしましょう」と気前よく言ってくれたが、あまりに高かったので断念した。妻が「あんなに大きなのがありますのに」と珍しく小言をいったが、浜木綿を見るとつい欲しくなる妙なくせがついてしまった。

浜木綿と言えば、今年は長崎のよき友から新茶を送ってきた。字がとてもうまく、美術好きで、版画など惚《ほ》れ惚《ぼ》れするものをよこすが、酒の他まったく欲がなく、引き揚げ後長崎にひき込んでしまい、自らの生《せい》をたのしんで暮らしている。

酒の本当のうまさは、本当に酒を愛する者と飲む時である。彼はまったく酒壺中《しゅこちゅう》の人間といってもよく、わたしもまた彼と飲む時が一番うまかった。四十歳までは酒を愛するあまり女を必要としないほどの、酒仙の生活をしてきた彼が、ふとしたことから、酒と女とを同時に愛するようになり、急に結婚して、わたしより早く子どもをつくった。その名づけの祝いに、わたしは彼と朝の十時から午後の五時近くまで飲み続けた。その日のことを、今もなつかしく思い出す。

真民さん
浜本木綿子《ゆうこ》
どうです。
いい名でしょう。

わたしはね、葛西《かさい》善蔵の小説が好きで、いや、善蔵が酒好きだから心ひかれるのかもしれないが、彼も浜木綿が好きだったらしいですよ。娘さんに木綿子ちゃんというのがいましたよ。わたしも、そんな因縁から、浜辺に咲く白妙《しろたえ》の木綿《もめん》のごとき花！　浜本木綿子《ゆうこ》と決めましたよ。どうです。

いい名でしょう。

そう言って、彼は父となった喜びを満面にほころばして盃《さかずき》を重ねるのだった。

あれから長い歳月が経《た》った。相会えぬ歎きを浜木綿に託して歌った人麿の古歌が、身にしみひびいてくる。

浜木綿の花は、菊田一夫のラジオドラマ『忘却の花びら』で一躍有名になったが、ある日きまぐれ心から映画館に入ったところ『紀州の暴れん坊』というのをやっていた。女が、浜木綿の花を男の忘れがたみのように持っているのである。こんな映画さえできたのかと、花にも流行というものがあるのかなあと思ったりした。わたしはかつて訪れた日の和歌山の海岸を瞼《まぶた》に浮かべながら、あの時もわたしの行く先々に、浜木綿が待っていたことを思い出した。

浜木綿の花咲く浦を訪ねきし夏雲わきて寄する白波
白妙のはまゆう花に口ふれてしづ心なきひとひなりけり

こんな歌が生まれたのも、この時の旅であった。
浜木綿に寄せて作った詩に、

わたしは待った
ながい月日だった
でもおまえは咲いてくれた
時をたがえず
わたしのために

ましろいはまゆうの花よ

おまえとわたしとの不思議なつながりはおまえとわたしだけが知る秘密のよろこび
どこかで音楽が鳴っている
そのふるえを
おまえも感じているのか
命みじかい花ゆえに
おまえの一途《いちず》なはげしさが
じっと見つめるわたしの胸にひびいてくる

というのがある。

わたしは、この詩が生まれてきた日のことが、今もはっきり思い出されてくる。女人《によにん》ならぬ愛恋の花に、いくとせか思いを寄せてきたことも、エトランゼのわたしには、時には女人のごとく思われることさえある。

今年も浜木綿の花咲く季節となった。あの海からも、この浜からも、わたしを呼んでいる浜木綿の花が浮かんでくる。

わたしは白い遍路の姿をして、いつか、それらの花々を訪ねて歩きたい。そして「直《ただ》に逢はぬかも」という人麿の激しくも切ない愛のいのちに触れてみたい。

つゆくさのつゆが光る時

よく禅語に露堂堂《ろどうどう》とか、露裸裸《ろらら》とかの語が出てくるのでなつかしいのであるが、それはずっと後のことで、つゆというものとわたしとの深いつながりは、わたしが小学校に入学した七歳の時からである。

その時から、つゆという名の童女が、わたしのそばに現れ、わたしはこの童女を通して、つゆの存在を知り、つゆの美しさを知り、つゆのはかなさを知った。童女は、ある時は実在であり、ある時は幻の天女であった。

父がわたしの満八歳の時急逝したので、わたしはなつかしい村を去ることになり、今までのたのしい生活とも別れ、急転してどん底に落ち、自分で働いて少しでも生活の足しにしなければならぬようになり、かつての平和な暮らしを遠くのほうへ追いやってしまった。

平野地で川のある豊かなところから、山間の坂ばかりの貧しい村に移り住み、わたしの孤独が開始された。そういうわけで、わたしは幼友だちというものを持たない。父の転勤と共に転々としてきたため、わたしは典型的なコスモポリタンとなった。

父がいたころの家は、高い石垣のすぐ下が広い川原になり、豊かな川が流れていた。父は勤めから帰り夕食をすますと、毎日のように自分で作った投網《とあみ》を持ち川へ行った。魚籠《びく》持ちはいつもわたしであった。だから雨の降らない限り、わたしは父と共に川で過ごした。今から思うと、わたしの詩心は、あのころ養われたと思う。月のある夜、星々の光る夜、闇《やみ》の夜、春夏秋冬、父と共に川を上下した。水も綺麗《きれい》で水量も豊富で、いろいろな魚がたくさんいた。あのころがわたしの一番幸せな時であった。だからこの幸福な時を書かなければ、童女のことがわかってもらえないし、その後童女が消えていったのも、不幸なことを書かなければわからないのである。

後年仏典に親しむようになり、天女や龍女のことが出てくるたび、この少年のころの童女がいつも現れてくるのであった。特に『修証義《しゅしょうぎ》』の「早く自未得度先度他《じみとくどせんどた》の心を発《おこ》すべし。其形陋《いや》しというとも此《この》心を発せば已《すで》に一切衆生の導師なり、設《たと》い七歳の女流《にょりゅう》なりとも即《すなわ》ち四衆の導師なり」や「最勝の善身を徒《いたず》らにして露命を無常の風に任《まか》すること勿《なか》れ。無常憑《たの》み難し、知らず露命いかなる道の草にか落ちん」というところなど、高誦《こうしょう》するたびに露と童女とが重なり浮かんでくるのであった。

わたしの最近の詩に、

つゆくさのつゆが光る時
わたしも共に光っているので
足をとどめて見つめて下さい

というのがある。こういう詩を今にいたるまで作らせてくれるのは、かつてのつゆという名の童女のおかげである。

自分の花を咲かせよう

わたしの詩に「ねがい」と題して、こんなのがある。

ただ一つの
花を咲かせ
そして終わる
この一年草の
一途さに触れて
生きよう

これはわたしの人生観であり、処世観であり、わたしの生き方なのである。

道のべに生えているどんな小さな草でも、それぞれが独自の花を咲かせている。それをじっと見つめていると、人として生まれてきた者は、だれ一人として無意義なものではない、一人ひとりが、その存在の使命を持っており、それを自覚して、それぞれの願いを持って、この二度とない人生を生きてゆくことが大切であることを教えてくれる。わたしは自分のいるところをタンポポ堂と言っているのであるが、これはタンポポがわたしに如何《いか》に生くべきかを教えてくれたことによって、その恩を忘れてはならぬと思い、名づけたものであって、弱い体と弱い心を持ったわたしを今日まで生かしてくれたのは、まったくこの野の花タンポポの励ましに依《よ》るものである。

多くの人が愛誦してくださる詩に「タンポポ魂」というのがある。

踏みにじられても
食いちぎられても
死にもしない
枯れもしない

その根強さ
そしてつねに
太陽に向かって咲く
その明るさ
わたしはそれを
わたしの魂とする

という詩である。

わたしは満八歳の時、父の急逝に会い、一ぺんにどん底におちてしまった。母の大きな愛がなかったら、どんな人間になっていたであろうか。不幸は人間を変えてゆく。しかし母の大きな翼が、残された幼い五人の子を包み、わたしたちは離ればなれにならず生きてきた。わたしは長男であったから母と共に苦労をしてきたが、そのためにいろいろの体験をした。その中で今しみじみと思うのは、人生を底から見る、下から見る、そういう目を持つ人間になることができたことである。これは実に得難い体験であった。この「タンポポ魂」の詩も、そういう目から生まれてきたものである。

タンポポは雑草である。金にもならぬ野の花である。そういう花にじっと目を注ぎ、じっと見つめ、ああタンポポは自分自身だと思い、励まされ教えられ、わたしは生きてきたのである。多くの人は、美しい花に、高価な花に、目を注ぎ心を傾けるであろう。それもよいことであるが、この大地には、実に多くの名さえ知られないような花たちが、それぞれの花を咲かせ、そして終わっているのである。特に一年草になると、そのわずかの命を精いっぱいに咲いて終わってゆくのである。それはまったく人生そのものといってもよい。そういう花をじっと見てやる愛の心が、本当の愛といえるのではなかろうか。

わたしは十代の終わりころから詩や歌を作ってきたが、それは詩人や歌人になるためではなかった。何とかして自分の花を咲かせたい。どんなに小さい花でもいい、さかむら・しんみんという花を咲かせたい。そう思って自己完成、自己成熟のために、詩才の乏しさを知りながら執してきたのである。しかし花というものは、そうたやすく咲くものではなくて、わたしは父が死んだ四十の厄年になり、人生の岐路に立った。

父はこの厄を越えることができず死んだのであったが、それは実に立派な花を咲かせた一生であった。それを知っているわたしは必死になり、救いを宗教に求め、ついに参禅を決意した。それも悟りを得たいということからではなく、この詩歌の道を進む不退不動の力を得たいためであった。でも年をとりすぎていたので、きびしい参禅求道《ぐどう》の果て、目の肋膜《ろくまく》といわれる眼病になり、内臓の疾患にまで進み、倒れてしまった。でもそうした悪戦苦闘の果て、やっと安らかな気持ちになることができた。つまり、小さい花でいいのだ、人にほめられるような大きな美しい花ではなく、だれからも足をとめて見られなくてもいい、本当の自分自身の花を咲かせたらいいのだ、それを神さま仏さまに見てもらえばいいのだ、という広々とした心になることができた。

わたしのこういう考え方、生き方は、まちがっていないと思う。神さま仏さまに聞いても、そうだ、お前の言う通りだ、それでいいのだ、とおっしゃると思う。靴屋さんなら、人が喜んでいつまでも履いてくれる靴を作る。食べもの屋さんならば、人に喜んでたのしく食べてもらえるものを作る。そういう生き方で生きてゆく、それが真の人生というものではなかろうか。

女の人なら女に生まれてきてよかった、という生き方をしてゆく。そこのところをしっかとつかまないと、いつまでたっても本ものになれない。本当の幸せというものをつかむことができない。路傍の花たちが美しいのは、自分の力で咲いているからなのである。わたしは、こういうことをタンポポたちから教えられた。だからわたしはタンポポを見ると、自分のように思えてくる。

わたしの詩に「本気」というのがある。これも多くの人が愛誦してくださる詩である。

本気になると
世界が変わってくる
自分が変わってくる

変わってこなかったら
まだ本気になってない証拠だ

本気な恋
本気な仕事

ああ
人間一度
こいつを
つかまんことには

どうかこれから人生を生きてゆく若い人よ、本気に生きて、どんな小さい花でもいい、自分独自の花を咲かせてもらいたい。二度とない人生である。

乳と光

赤ん坊は乳を飲まずには
生きてゆけない

それと同じくわたしは
光を飲まずには
生きておれない
ああ
乳と光の大生命よ

この詩は、わたしが毎月出している個人詩誌『詩国』の最近号に発表したものであるが、小さい時から体の弱かったわたしが古稀《こき》七十の齢《よわい》を越すことのできたのは、この光吸飲のおかげである。

わたしは特定の健康法も体操もしない。でもただ一つ、だれにもできないような特技を持っている。それは早起きである。わたしはこれを招喚と呼んでいる。自分で起きるのではない、大いなるものに招かれ喚《よ》ばれて目覚めるという意味から、そう呼んでいるのである。だから少しも苦痛ではなく喜んで起きる。

ではいったい、そういう習慣が、どうしてついたかというと、母のおかげである。

わたしが満八つの時、四十の厄を越えきれず、幼い五人の子どもを残して父が急逝した。わたしは長男であったが、父の死に目に会えなかったので、末期《まつご》の水を差し上げることができなかった。それで母が、これはお父さんの「のどぼとけ」です、きょうからこの仏さまに毎朝お水をあげるのです、と言った。それが今も続いている早起きの原因となったのである。わたしは早く起きて夜の明けるのを待った。そこは共同井戸だったので、わたしはまだだれも汲《く》まない水を父にあげたくて、道の見えてくるのを待つのであった。

三百六十五日続けるのであるから、いつの間にか、体そのものが早く起きるようになり、わたしはこの年にいたるまで、目が覚めたら夜が明けていたという経験を一度も持たないのである。

わたしの詩に「みめいこんとん」というのがあるが、わたしはこの混沌《こんとん》が大好きである。なぜなら宇宙の大生命がいっぱい生き生きと躍動し渦巻いている時刻だからである。この渦が次第におさまり、天地は夜明けに向かって動いてゆくのであるが、一日のうちで一番大生命の充実している時刻である。

わたしはこの霊気の中で、打坐《だざ》し、念仏し、称名し、詩作し、三時三十六分になれば暁天の大地に立って、赤ん坊が乳を吸うように、月の光を、星々の光を吸飲し祈願する。それは何ともいえない喜悦であり感動である。

思えばわたしにとって宇宙は母なのである。父なきあと母の手一つで育てられたわたしには、母の大きな愛というものが根本になっている。だからわたしは今にいたるまで、光を母の乳として吸飲してきた。この光の吸飲が、弱い体のわたしを今日まで生かし、わたしの詩作の源泉となり、エネルギーとなっていると思う。

もしわたしの詩が、他の詩人の詩と、どこかちがい、また少しでも人に力を与えるものを持っているとするならば、この光の吸飲のおかげであろう。

鳥は飛ばねばならぬ
人は生きねばならぬ

これが酉年《とりどし》生まれのわたしの命題であり、生き方なのである。

最後にわたしが目覚めてからまずとなえる「南無の祈り」をしるしておこう。

生きがたい世を
生かして下さる
南無の一声《ひとこえ》に
三千世界が開けゆき
喜びに満ちてとなえる
南無の一声に
この身輝くありがたさ
ああ
守らせ給《たま》え
導き給え

光と風のなかを

光と風のなかを
生まれたばかりの
蝶《ちょう》が飛んでゆく
わたしも光と風のなかを
生きてきた
これからも生きてゆくだろう
流転し輪廻《りんね》する
限りない生死《しょうじ》の海を

こういう詩が生まれてから数日して、未知の来訪者の人から、すばらしい白磁の抹茶茶碗《ぢゃわん》をいただいた。タンポポの穂がいっせいに光の空へ飛び立ってゆくような釉薬《ゆうやく》のひび模様が、実にすばらしかった。わたしは銘を「タンポポ」とつけたが、こんな茶碗は初めてであった。茶碗いっぱいのタンポポの穂が、光と風のなかを飛んでゆく、それは見事な作品であった。わたしは早速お茶をたてて、まず白い世尊像にたてまつり、この喜びを告げた。この白いお像はベトナムのサイゴン（今はホーチミン市という）にある華厳寺《けごんじ》からおいでになったものである。

信仰のゆきつくところは、この光と風を知ることである。信仰という言葉に嫌悪を感ずるなら、人生といってもよい。わたしは杉村春苔尼《しゅんたいに》という方にめぐりあって、この光と風のありがたさを体得した。

先生と歩いていると
光が踊り
風が舞い
まったく新しい世界となるのであった
山も川も

草も木も
みな生き生きとして近づき
呼びかけてくるのであった
先生にめぐり会ってから
わたしは変わった
いや一切が一変したといってもよい

という詩がある。

わたしは、この世に生を享《う》けてから、光も知っており、風も知っていた。しかしそれは本当に知っていたのではない。かえって大地の小さい草たちが光を知っており、大空の鳥たちが風を知っていた。イエスは野の百合《ゆり》を見よ、空の鳥を見よ、と言っている。世尊も蝶に合掌し、野の花に足をとめて見つめていられる。

偉大な人はすべて詩人であった。つまり純粋な心をもって、光と風に接してゆかれたのである。この光と風を本当に知ることによって、世尊の慈悲がわかり、イエスの愛が身にしみてくる。そうすると、心の中に光が射《さ》してき、体の中を涼しい風が吹いてくるようになる。それが信仰の喜びなのである。

信仰は体で知らねばならぬ。体で知った信仰は、どんな苦難に出会っても消えるものではない。杉村春苔尼先生は、そういうものを持っておられた。

宇宙の大生命である光と風の根源のことがわかれば、一呼吸一呼吸に感謝の心が湧いてくる。信仰とは、この感謝報恩の心ではなかろうか。特定の宗派にあまり深入りすると、こういう柔らかな心が固くなってしまう。だからわたしは深入りしないことにして、ただこの光と風とを五体に浸透させせようと努めている。

わたしは自分の住む家をタンポポ堂と言っているが、光の中に咲き、風に乗って飛んでゆく彼らをじっと見つめていると、いろんなことを教えてくれる。普回向《ふえこう》を教えてくれたのもタンポポであった。

普回向とは、願わくはこの功徳をもってあまねく一切に及ぼし、我らと衆生とみな共に仏道を成《じょう》ぜんことを、というのである。これをとなえるようになってから、わたしの信仰に筋金が入り、詩風も個から衆へと広がりを見せていった。

一白水星と酉年と星と

わたしは一白水星の酉年、そして一月六日の生まれであるから、星とのつながりは生まれたときから深い。というのは一月六日は天文年鑑では、年の最初の星座図として特にしるされているので、一年のうちで一番星々の美しいころに生まれたことになるのである。それにもう一つ、わたしの戸籍名は昂《たかし》であるが、まちがえて昂《すばる》さんと言う人があり、そんなことから六つ星すばるは、わたしの故郷《ふるさと》であり、天国での住み処《か》のように思い、あの美しい星が現れるのを待ち望んだものである。

最近わたしの詩と文を集めて『すべては光る』という本を曹洞宗出版部から出してくださったが、これは毎暁月や星を仰いで祈願をしているわたしの生活の中から生まれてきたもので、

光る
すべては
光る
光らないものは
ひとつとしてない
みずから
光らないものは
他から
光を受けて
光る

という詩である。この詩は多くの人に愛誦されており、ある県では中学生向けの副読本の中に入れてあり、特に最近のように「落ちこぼれ」という、いやな言葉がよく使われている時代、わたしは、そういう落ちこぼれなんか一人としてない、みんな一人ひとりが光っているという、わたしの人間観をうたったものである。

わたしは毎日三時三十六分――それは野鳥の目覚める平均時刻であるが――には外に出て、満天の星を仰ぎ祈願をしているのであるが、あの中には自ら光るのと、他から光を受けて光るのとあって、それがよくわかる。むろん月は太陽から光を受けて、われわれを照らしているのである。そうした天を仰いでいると、この地上の人間はもちろん、草も木も鳥も虫も魚も、一切が光った存在である思いがしみじみとしてくる。

もう一つわたしの詩をあげよう。それは、

光ヲ吸エ
朝《アサ》ニ吸エ
夕《ユウベ》ニ吸エ
体一パイ
力一パイ
日ノ光ヲ

月ノ光ヲ
星ノ光ヲ
吸イ込メ
果報無辺
究竟《クギヨウ》常楽《ゴイ》
自浄其意

という詩である。わたしは一年中どんな寒い冬の朝でも、雨の降らない限り、近くの一級河川重信川の橋を此岸《しがん》から彼岸へと走り渡り、ある地点で、虚空蔵菩薩《こくうぞうぼさつ》の真言《しんごん》をとなえて、明星礼拝をしている。それは虚空蔵経に「明星の出で給う時に声を上げて礼《らい》を作《な》すべし」とあるのを知って以来、これを毎暁実行しているのである。

酉年生まれだから、わたしは早く目覚め、早く起きる。これは今始まったことではなく、父が急逝した満八歳の時からである。父の死に目に会えなかった長男のわたしに、母は父の「のどぼとけ」に毎日お水をあげることを命じた。それでわたしは地区の人がまだ汲まない共同井戸の水を汲むため、夜の明けるのを待ち汲みに行った。それ以来わたしの早起きは続き、今日にいたっている。だから夜明けの星は小さい時からなつかしく、また励まされてきた。

そんなことからわたしには天体は美しさというより、生命に満ちた大宇宙の神や仏のいますところとして、わたしの体にしみ込んでいるのである。そういうところが他の人とちがうようである。

さてわたしがいつも思うことは、近ごろの人たちはほとんど起きるのが遅く、天地の生命が一番充実している夜明けのすばらしさを知らないことである。いくら望遠鏡で天体を観察しても、それは星々の知識は増しても、宇宙や大自然の心情というものに触れることはむずかしい。大切なことは美しい星々を仰いで大宇宙の心を知り、生かされて生きることのありがたさを自知自覚することである。

この世に生を享けたものに、落ちこぼれなどあるはずはない。すべては光る存在なのである。これは天から授かったわたしの宇宙観である。

印度の石

洞窟《どうくつ》の中に住んでいる夢をみた。自分ばかりでなく妻や子たちも一緒である。どうしてこんな夢をみたのであろうか。

南向きの日当たりのよい場所で、周囲には小松がいっぱい生え、前には池などがあってなかなかいいところであった。

アジャンタの洞窟の中の石をいただいたせいであろうか。それにしても洞窟の前に汽車の線路が通っていたのはどうしてだろう。列車は一ぺんも通らなかったが、不思議な夢であった。

体がほてっていた。顔を洗ってタオルでふいていると、タオルに赤々と血がついてびっくりした。洗面器の水も赤くなっていた。体を大事にしてください。無理をしないようにしてくださいと、きのう妻が言った言葉を思い出した。

戸をあけて外に立った。天を仰ぐと、うるんだ空にいくつかの星が光っていた。その中の一番大きな星に向かって暁天の祈願を捧《ささ》げた。

今年は星まわりもよくないと書いてあった。迷信とばかり言えない何ものかがあるような気もする。

わたしは自分の部屋に入ってしばらく瞑想《めいそう》した。いつもの坐《ざ》とはちがった重いものが感じられてならなかった。机の上には昨夜寝るとき書きつけた「石になろう」という詩が、そのままになっていて一層わたしを沈ませた。

わたしは滅多には読まないヴェーダ経典を取り出して、出血を止めるための呪文《じゅもん》などを誦した。そしてもらったばかりの印度の石を机の上にならべて、はるばるやってきた、この生きもののような石に想いを馳《は》せた。それは心を軽くするもっともよい方法のように思えた。

まずアジャンタ洞窟の石二個を手に取った。

アジャンタはボンベイの東にある石窟の一つである。グプタ王朝はなやかな時代のもので、けさの夢もきっと、この洞窟と何かかかわりのあるように思えてならないが、妙にわたしの心を初めからとらえていた青い石だった。緑青《ろくしょう》かと思われるようなあざやかさで、わたしの眼を青く染める思いがしてならなかった石であった。石はいつか青い衣を着た女となって、わたしの枕《まくら》べに立つかもしれない、そんな幻影さえ抱かせた。この石をこなごなにして飲んだらどうなるだろう、愛を失った王妃は、そんな薬をひそかに身に秘めていたかもしれない。あまりに青い色というものは人の心を何か攪乱《かくらん》させるものである。

次にクシナガラの土を掌《てのひら》の上にのせた。

今のクシナガラもそうであろうが、釈尊の時代もさびしい村であったろう。釈尊はずっと前から下痢をし続けておられた。そのため疲労は一層加わった。だが、一人でも多くの人に会って、真理を説き聞かせておきたい心で旅を続けられた。でも、もう体がいうことをきかなかった。

阿難《あなん》よ

わたしもいよいよ涅槃《ねはん》に入るときがきた

娑羅《さーら》の樹の下で静かに入滅しよう

そう釈尊は言われた。

阿難は師のため末期の水を汲みに行った。そんなことを、このクシナガラの土が聞かせてくれる。

次にわたしはナーランダ大学跡の煉瓦《れんが》の小片に手を触れた。

ナーランダに大学ができ、唐の玄奘《げんじょう》などが留学したのはハルシヤ王の時だった。仏教学というものが完成したのも、このころであった。わたしは玄奘が好きだし、般若心経《はんにゃしんぎょう》をとなえるときも、「唐三蔵法師玄奘訳摩訶般若波羅蜜多心経《まかはんにゃはらみたしんぎょう》」とわたし独自のやり方をするが、唐の遠い時代の玄奘が、何か急に身近な人のように感じられるようになったのも、このナーランダ大学跡の煉瓦のおかげであった。

それからわたしはブツダガヤ大塔下の土をしみじみと眺めた。

まず娘スジャーターの姿が浮かんできた。骨と皮ばかりに衰弱しきっていられる釈迦《しやか》に、温かい乳粥《ちちかゆ》を捧げたのが彼女だったし、釈迦は、その乳を飲んで蘇《よみがえ》ったようになり、ぴっぱらという樹の下でさらに瞑想し、遂《つい》に仏陀《ぶつだ》となられたのである。そんなわけでブツダガヤは仏蹟《ぶつせき》参拝者にとっては第一の霊場となっているのであり、その土をわたしは鼻で嗅《か》いでみた。スジャーターのやさしい純な匂《にお》いがしてならなかった。

釈尊と乙女《おとめ》との話は、次の仏誕説と共にわたしのイメージを美しくしてくれる。

最後にルンビニー園の黄色い石を手にした。

ルンビニーはカピラヴァストゥの郊外にあった。カピラヴァストゥは、そのころ独立していた都城であって、釈迦族の根拠地だったのである。

釈尊の母である摩耶《まや》夫人は臨月だった。顔もとりわけ美しい妃《きさき》であったにちがいなく、また顔と共に心もやさしい人であったろう。夫人は生まれてくる子どものことを考えながら、美しい花園を逍遥《しようよう》していられた。天もうららかだったろうし、小鳥たちの声もにぎやかなことであったろう。夫人は花の中で特にアソカの花が好きであった。香りのいいアソカの花が夫人を招いていた。夫人もまたアソカの花の名を呼んで近づいてゆかれた。そしてたおやかな手をあげて、その花に触れられたとき、急に産気づかれたのであった。お供の女たちはびっくりして、夫人を花の下にお寝かし申し、事の次第を王に告げた。間もなくのちの大聖、釈尊が、その花の下で呱々《ここ》の声をあげられた、と語り伝えられている。

念ずれば
花ひらく

この言葉通りに、多年の念願がかなえられて、これら印度の土や石が、四国の辺陬《へんすう》のわたしのところにある。

石好きのわたしに恵んでくださった岩野喜久代夫人に心から感謝したい。

新しい命題

これまでわたしは、

鳥は飛ばねばならぬ
人は生きねばならぬ

という言葉を、わたしの命題として詩精進してきた。そのためにたくさんの方々に、この詩句を書き差し上げてきた。年をとった方も若い人も、生きる力とし支えとして喜んでくださった。でも酉年も終わり、酉年生まれのわたしも一新したいため、何か新しい命題を求めていたのであったが、ある夜、夢の中で、

愛の道しるべに向かって
一路進んでゆこう

という言葉を授けられた。墨文字でちゃんと書いてあるのである。目が覚めて早速ペンを執り、この言葉を書き留めた。

時計は午前二時を打とうとしていた。ああこれこそわたしが求めていた新しい命題なのだと思った。

わたしは四国を仏島、仏の島と呼んでいるのであるが、これは八十八のお寺が数珠のように四つの国を結んでいるからである。そしてこの遍路みちには必ず道しるべが建っており、その通りに歩いてゆくと、必ず仏さまがお迎えくださっているのである。わたしはこの道しるべが

好きである。わたしはこれを人生の道しるべだと思っている。

人はすべて心の中に、この道しるべをちゃんと持ち、迷わず生きてゆく自分をつくりあげてゆかねばならぬ。

最近NHKのテレビに出演して、次のような詩を朗読した。

へんろみちは春夏秋冬
いつでもよいが
特によいのは
夜明けの光を浴び
夜明けの光を吸い
独り称名し
歩いてゆく時である
風が囁《ささや》きかけてくれ
雲が呼びかけてくれ

鳥が喜びの声で送ってくれる
へんろみちには必ず
道しるべがあり
その通りに歩いてゆくと
札所《ふだしょ》の門が見え
迎えてくださる
仁王さまが立っておられる

テレビを見られたみなさんから感動の手紙をたくさんいただいたが、この道しるべがしっかりしていたら、生きてゆくに際しても正しい歩みができるはずである。

心に愛の明かりを照らし、一筋の道に立つ、この人生の道しるべを、新しい心で見つめ、しっかりと進んでゆこう。

詩一筋の道

わたしは一途一心とか、一心不乱とか、万里一条鉄とか、そんな言葉が好きである。禅宗でよく頓語《とんご》とか、漸悟《ぜんご》とかいうが、わたしは後者のタイプで、何もかも晩成《おくて》なのである。だから現代の何もかも早稲《わせ》の世の中では通用しない、歓迎されない品種である。そのことをわたしはよく知っているから、わたしはわたしなりに生きてきた。これからも、そのように生きてゆくつもりである。

わたしのすぐ下の弟はわたしとはまったく反対で、頓語型の人間で頭もよく、中学（旧制）四年の時第五高等学校（旧制）に合格し、今にいたるまで伝説的な生徒として語り継がれているほどであり、わたしとはまったくちがった頭脳性格の持ち主で、大学の法科に入りながら、シナリオを書いたり、大学を出ると撮影所に入社して監督を志したり、それも長く続かず、そのころ日本で一番大きな飛行機製作所に転じたり、敗戦後は語学が堪能《たんのう》だから進駐軍に入ったり、最後は少しは名の知れた会社の重役になったりした。

わたしは禅語の万里一条鉄のように、若い時から志した短歌や詩にすべてを打ち込み、立身出世の道を行こうとせず、金にもならぬ小詩型文学に命を賭《か》け、妻を苦しめ、子を歎かせ、父亡きあと一人で育ててきた母の大恩に報いることもせず、今にいたっている。

わたしは熊本県生まれであるから、宮本武蔵の名は知っていたが、墓に参ったことはなかった。やっと念願かない彼の墓に詣《もう》でたとき、一番感動したのは「われ事において後悔せず」と言った彼の遺語であった。剣一筋に生きた彼のリンリンとした気概が、熱鉄丸《ねってつがん》のように、この言葉の中にこもり、今なお生きてわれわれを励まし力づけ奮起を促してくれる思いがした。

彼は天成の剣の達人かもしれないが、どんなにすぐれていても、あそこまでくるには一途一心、一心不乱、万里一条鉄の日々の刻苦修練が、彼独自の剣をつくりあげていったと思う。

天才作家の多くは悲劇的な末路を遂げている。だから感情的国民性の日本人は、こういう天才悲劇者の文学や芸術作品に、情的におぼれ込んでしまうところがあるが、長い期間をかけて己の花を咲かせた人の作品も、大いに尊敬しなければならぬ。

年たけてまた越ゆべしと思ひきやいのちなりけりさやの中山

という西行法師の和歌は、わたしの大好きな作品であるが、この時彼は六十九歳だった。日本人の平均寿命も七十をはるかに越した。これからは生きられるだけ生きて、本当の自分の花を咲かせてもらいたいものである。

わたしの詩に「ねがい」と題して、

ただ一つの
花を咲かせ
そして終わる
この一年草の
一途さに触れて
生きよう

というのがある。これはわずか一年で終わってしまう草であるが、道元禅師の言葉に、

徒《いたず》らに百歳生けらんは、恨むべき日月なり、悲むべき形骸《けいがい》なり。（中略）此一日の身命は尊ぶべき身命なり、貴ぶべき形骸なり。

とあるように、この草の一年は百年にも匹敵する貴い命なのである。だから年数で決めることはできないけれども、凡愚には凡愚としての道があることを知り、自分の決めた道をまっしぐらに進み、小さい花でもいい、独自の花を咲かせて、この世を終わりたいものである。わたしは釈尊のお言葉の中で、心にしみて忘れられないものがある。

大海の中に一つの真珠が落ちたら、何年かかってもよい。大海の水を柄杓《ひしゃく》で汲みあげるのだ。必ず落ちた真珠は見つかるのだ。

といわれたことを知ったとき大変に感動した。そしてわたしはこの話と同じようなことをや

り、その言葉の証《あかし》を体験した。

疑えば
花ひらかず
信心清浄なれば
花ひらいて
仏を見たてまつる

この仏語をA氏の本で読み、A氏を訪ねて出典を聞いたが、知らぬと冷たく突っ放された。そこで、それでは自分で探そうと『大蔵経《だいぞうきよう》』を三回読んだ。最後は一字一字指で押さえて見ていった。それでも、この大海に落ちた真珠のような言葉は発見できなくて、とうとうわたしは臥床《がしよう》するようになった。そうしたある日、霊感のように『大蔵経』の外《げ》の部にあるかもしれないと思った。すぐに見つかった。『華厳経』の『十住毘婆沙論《じゆうじゆうびばしやろん》』の中にあった。まったく一途一心のおかげだと思った。

わたしの好きな詩人リルケは、

私の課題は
私を成熟せしめることだ

と言っている。本当にうまい果実は晩成のものである。「晩三吉《おくさんきち》」という日本一うまい梨《なし》があある。わたしも詩一筋に生きて、晩三吉のように、人々に賞味される作品を残したいと思う。

賞と歳月

わたしは昨年（昭和五十五年）正力松太郎賞を受賞した。第四回目の受賞者だった。わたしは詩を作ってきたし、毎月出している詩誌『詩国』が二十年近くも続いているので、そういうことからいただいたものらしかった。

詩と四は同音であり、四とは不思議なつながりがあるので第四回というのがうれしかった。人は、四は死と音が同じなのでいやがるのであるが、わたしは詩に通う音なので、少しもそんなことは思わない。

卒業論文に韻律論を書いて出したが、その中の「四四調論」が、時の歌壇の元老といわれた川田順氏に認められ、その著『利玄と憲吉』にまで収められた。

敗戦によって引き揚げ、縁あって四国に来た。そして『詩国』という個人詩誌を発行して今日にいたっている。

ある時、羽田空港で何番がいいかと聞くので、何番でもいいと女の子に言うと、四番をくれた。この機は大阪で乗りかえるのであったが、ここでもまた女の子が何番がいいかと聞くので、同じように何番でもいいと言うと、また四番をくれた。風の強い雨の激しい日だったので、少し変な気になったが、女の子が詩人と思って四をくれたのだと思い、心を軽くして乗っていたら、瀬戸内海の上に差しかかるころ、とてもいい天気になり、夕日に映えるすばらしい雲を眺めながら、四という数字の奇跡を思った。

さて第四回正力松太郎賞をもらったことが読売新聞に写真入りで掲載され、それが思いもかけないうれしい便りをもたらしてくれることになったのである。これもまた四という数字が生んだ奇跡であったといえよう。

わたしが学校を出たころは、戦前の一番暗い、日本の末期症状時代で、大学は出たけれどという流行語ができたほど失業者にあふれたときだった。体の弱いわたしは肉体労働はできず、代用教員となり、九州有明海に面した海岸の小学校で男子組の五年生を受け持ち、彼らを卒業させて朝鮮へと渡ったのであった。

それ以来四十七年間——ここにもまた四が出てきたが——まったく音信も絶え、わたしの頭には時に去来することもあったが、これら少年たちが、どのような人生を送ってきたか、皆目知ることができなかった。それが、さっき書いたような受賞の新聞記事によって、四十七年間の空白に、光が射してきたのであった。

教え子の中にKというのがおり、その姉さんが東京の新聞に載ったわたしの記事を切り抜いて弟に送ったという。Kはわたしが戦争で死んだとばかり思っていたところ生きていることを知り、その切り抜きを持って、この正月（昭和五十六年）還暦記念の同級会の席上で披露したという。その時の喜びを級長だったHは電話で知らせてくれた。

わたしは、その声を聞きながら長い歳月の流れを思った。わたしはあの少年たちが六十になったとは、とても思えなかったが、電話を通して流れてくる声は、やはりもう老人らしい声であって、わたしの声のほうがかえって若々しいので、先生はお若いですね、と言われたりした。電話なので長い話はできなかったが、病気で死んだり、戦争で亡くなったりした何人かの名前がわたしの心を重くした。思えば四十七年の歳月は、日本の歴史の中でも、まれに見る激しい波乱の時代であった。わたしは、そのようなことを思って夜の電話のあと、なかなか眠られなかった。

海の好きなわたしは、ここで過ごした二年間を古宝玉のように持ち続けてきた。そしてこの古宝玉は長い歳月によって磨かれ、わたしの詩魂を美しく豊かにしてくれた。そしてその風景の中には、いつも初々《ういうい》しい少年たちがいた。

その彼らが還暦を迎えたという。わたしは自分が古稀《こき》を越えたことも忘れて、歳月の早さを思った。そして正力松太郎賞が、この歳月を一ぺんに縮めてくれ、音信を開いてくれたことに改めて感謝した。これもまた詩と四の奇跡であろうか。

思議を超えたもの

外国の人がじっと仏像を見つめている。そのまなざしの純粋さ、深さ、美しさ、み仏の心の中にまで入り込んでゆこうとする、その熱心さ、あの青い瞳《ひとみ》の中に、いったい何が映ってくるのであろうか。黒い瞳の者とちがった何か不思議なものが、映ってくるのであろうか。

み仏の不思議というものが、今の日本人に、もうわからなくなってきているとき、異国の人たちが目を輝かせて見入っているのを見ていると、何か大きな変化が起こりつつあるのを痛感する。

たしかに今や何かが起ころうとしている。

長い間仰ぎ親しんできた、この仏さま方の心を見失ってしまおうとしている今日のわれわれのそばで、新しい何かが起ころうとしている。そういうことを感じながらわたしは淋《さび》しさと同時に、喜びのようなものが湧いてくる。

考えてみれば、もともとこの仏さまたちは、異国の方々であった。海にかこまれたこの小さい国に渡ってこられたのを、われわれの先人は、しんから喜んで迎え大切にした。そういう心に対して、この大陸の仏さま方は、いっしょけんめいに守ってくださった。中には何度か戦火に焼かれても、いやな顔ひとつせず、守り続けてくださった。

さて信仰というものは、単純そのものでなくてはならない。でも単純というほどむずかしいものはない。

水は実に単純である。その水の味がわかるまでには、何度か人は泥酔し、あるいは美食に耽《ふけ》るかもしれない。そうした美酒飽食の果てに、天地の恵みの水のうまさがやっとわかってくる。それはすべての飾りが取り除かれる時なのである。

へうへうとして水を味ふ

この時はまだ山頭火は、本当の水の味を知ってはいない。

こんなにうまい水があふれている
落葉するこれから水がうまくなる

ここにくると、水と彼の生き方とが一体となり、実に自然な句になっている。仏像は単純さの極致から生まれた。

水のうまさを分析分解しようとしたって、できるものではない。だから単純さというものは、いつも思議を超えて、ダイヤのように奥から光るのである。

わたしはかつてカリフォルニア大学出身のディーン・ポール・アサトンという人と一緒に、専門道場で坐《すわ》ったことがある。そういう坐縁から、ある日、城を見に行った。一帯は自然林になっていて、登る道が実にいい。彼はその時、ふと立ち止まって、竹林の美しさを言った。この時の彼の目の光をいまだにわたしは忘れ得ない。わたしは青い目の光というものを初めて見た思いがした。

正午になったので、何を食べましょうかと言ったら、そばを食べたいと言われる。それでその町で一番おいしいそば屋に入って食べた。

その時のこの人の喜びの顔も、今日なお浮かんでくる。それからしばらくして、この人は白血病で亡くなり、遺骨は空を飛んで帰国した。

信仰には頭はさして大切ではない。信仰に一番大事なのは足である。だからアサトンさんも、頭で考えていてはどうしてもわからないので、ただ足を組んで坐るために日本にやってきた。そして単純そのものの禅を体得したのであった。

青い目の人たちが、じっと仏像を見つめている。彼らは思議を超えた奥にある何ものかを、つかもうとしている。そこのところにわたしは感心し感動する。今の日本人にない求道の激しさに心をうたれる。そのうち青い目の人たちに、仏像の美しさを説明してもらうときがくるかもしれない。

大宇宙も思議を超えた存在である。

仏さまも思議を超えた出現者である。

だから心を空《むな》しくして信じ仰げばいいのである。

雨が悪いのではない

年をとればとるほど、自然というものがわかってくる。

一遍上人《いっぺんしょうにん》（時宗の開祖）の言われた「よろず生きとし生けるもの、山河草木、ふく風たつ浪の音までも、念仏ならずといふことなし」という一体観が、しみじみうれしくありがたく思われてくる。

わたしは最近、次のような詩を発表した。

雨が悪いのではない

自然には何の罪もない
自然は昔も今も

少しも変わっていない
変わったのは人間と社会だ
雨が悪いのではない
風が悪いのではない
悪くなったのは人間の心だ
自然を害《そこな》う者は
永遠に救われず
必ず見捨てられる

わたしは多感な青春の日を、母なる神の鎮まります伊勢の地で、四年間を過ごした。ここでは山も川も海も、昔のままに生きていた。わたしは五鈴川の川べりの、小さいお寺の一室を借りて、自炊していたのであるが、米をとぐにも、茶碗を洗うにも、湯をわかすにも、すべて、この川のお世話になった。殺生禁断の川だから、魚は人を恐れることもなく、わたしが音をたてるとみな寄ってきた。

わたしは一白水星の生まれだから、水とは縁が深く、今も川のほとりに住んでいるのであるが、若い日のことを思うと、まったく隔世の感がする。

わたしは日本に生まれたから、日本を愛する。

四季折々の変化に富む、この国の自然を愛する。そこから生まれてきた民族の詩心を、こよなく美しいものに思う。

長く生きてきたわたしには、最近の急激な荒廃が、この国の運命を暗くするような予感さえ起こさせる。

それに日本を包む情勢も、刻一刻険悪になってくる。ひとたび核戦争が勃発《ぼつぱつ》したら、何もかもおしまいである。それでは、いったいどうすればよいか。かつてない亡国の兆しの中で、これは大変な問題である。

戦争に負けて、どん底に落ちていたときのほうが、まだ人の心はよかった。今は何もかも、何不自由なくある。

飢えて死ぬ心配はなくなった。失業しても生きてゆける。言論は自由だし、金さえあれば、どんなことでもできる。

二度も赤い紙の召集令状をもらい、出ていったが、死なずに、このかつてない繁栄を見、まったく感慨無量なものがある。それだけに、今の日本人の心の荒廃が歎かれてならない。

台風も、洪水も、日本列島には、宿命的ともいえるし、地震もまた、そうである。だのに、それに対する真剣な方策が、国家的に、学問的に、代々なされてきたであろうか。台風のたびに、何百人もの死傷者が出るのを聞き、その悲しみも、いつの間にか記憶から遠ざかり、忘却は忘却を重ね、一向によくならない。

大自然は母である。わたしは母なる神の守りますこの国に生まれ、自然がそのまま今も生きている伊勢で、青春の多感な日々を送ったことを、こよなくうれしく思い、一人でも多くの人が、もっともっと自然を愛し、自然の大愛に抱かれ、この国の持っている世界史的使命について、心深く考え、住みよい国になるよう、乞《こ》い祈るのである。

毒を薬だとして、何もかも農薬漬けにして栽培される近代農法も、何とかならないものだろうか。豊かな母なる大地が、この農薬によって、どれだけ汚染されているか、非行や犯罪の急激な増加も、自然を大事にしない、今の日本人の心に起因していることを知ろう。

わたしの三願

最近わたしは「わたしの三願」という詩を発表した。これはわたしが辿《たど》りついたもっとも新しい願いであり、生き方である。

一つ
鳥のように
一途に
飛んでゆこう
二つ
水のように
素直に

流れてゆこう
三つ
雲のように
身軽に
生きてゆこう

という詩である。

鳥も水も雲もわたしの好きなものであり、三つともわたしにとっては、分身のように親しいものである。

一白水星、酉年という宿運の中に生まれてきたわたしは、水と鳥、そして雲、この三つは切っても切れないものとして、わたしの生涯を運命づけてきた。

人は自分の宿運を知らねばならぬ。それを知ることによって、それに素直に従い生きてゆくことができるようになったら、病気になっても病気から逃れ、災難にあっても災難から逃れ、失意に落ちても、そこから立ち上がることができるようになる。そういう世界が展開してくるのである。

何事も無理をしたり、逆行したりするから、病気になったり、災難にあったり、失敗を重ねたりするのである。それらは自分を知らないところから起こってくるもので、自分からつくり出しているようなものである。

決して天は人を苦しめたり、悲しませたりはしない。よく神も仏もないものだというが、それはあまりにも狭い世界しか知らない人の言うことであり、大きな世界から眺めたら、すべてのことはみな自分が引き起こしているのである。

いかに医学が進歩しても、病人は増えるばかりである。これはいったい何を物語っているのであろうか。それはみな人の心が、昔とまったくちがったものになったからである。俺《おれ》はちっとも変わっていないと思っても、ずいぶん変わってきている。

わたしなど四国の片隅に住んでいるから、変わらないと思っているが、やはりいつの間にか変わってきている。悪くなっているのである。特に最近の日本人の変わり方はひどい。あと十年もしたら、どうなるだろうか。本当に心配でならない現状である。

さて、この三願はあくまでわたしのものだから、人に押しつけたりなどはしないが、それぞれの人に、それぞれの願を持ってもらいたく、わたしはわたしの願をあげたのである。

仏さまにわたしが心ひかれるのは、仏さまはみなそれぞれの願を持って出現されているからである。

法華《ほけ》経《きよう》に涌出品《ゆじゆつぽん》というのがあるが、わたしはこの涌出という言葉が好きである。大地の底に何千年も打坐し瞑想し、自分の願を成就させて、もうよかろうと思い湧《わ》き水のように娑婆《しやば》に出現される仏さまだからである。

だからどの仏さまも煩悩深い人間を幸せにしようとしていられる願心を知ったら、自分もまた願を立てて、これにこたえねばならぬ。

仏さまが美しいのは、願を持っていられるからである。

そのように願を持って生きている人はみな美しい。本当の美しさは、このような願を持つ人を言うのである。

わたしは、そういう人に会ったときが一番うれしい。目が光り、顔が光り、後ろ姿までが光っているからである。

どこかがちがう

戦後まだ食糧事情などがよくないとき、宇和島（愛媛県）で文藝春秋社主催の文化講演会が催された。知名有名な人が四人くらい来て、それぞれ講演されたが、今わたしは水上勉さんの名前だけが残り、あとの人はまったく思い出せない。水上さんの話の内容も忘れてしまったが、ただ、今もわたしの体に残っているのは、他の人とどこかがちがうという印象の強かったことである。こんなことをいうのはいけないが、恐らくこの知名の人たちが、宇和島という四国の終着駅の街まで来られたのは、地方文化の開発という使命感ではなく、魚はうまいし、酒もたっぷり飲めるという、そういう娯《たの》しみが強く動いていたからだと思う。というのは演壇に立つ前、もう相当に飲んでいるらしく、足もふらつき話の内容も、お茶をにごす程度のものであった。その中でただ一人水上勉さんの話には誠意が感じられ、体にひびいてくるものがあった。わたしは水上さんの小説はほとんど読んでおらず、どんな作家か知らなかったが、それから以後、この人の心情の世界が、わたしとどこか共通しているので、なつかしい人として親しんできた。最近著『ものの聲《こえ》ひとの聲《こえ》』という本を読み、この中に出てくる知恵おくれの子、谷口タカ子について書いておられる心情が、まったくわたしと同じであることを知り、初めて講演を聴いて、なぜわたしが感動したかの原因がわかった思いがした。

わたしも中学（今の高校）教員免許状を持って学校を出たが、不景気のどん底時代で職はなく、代用教員として海辺の小学校の教員となった。五年の男子組を受け持たせられたのであるが、そのクラスに四年間、白痴《はくち》（そのころはそう言っていた）として何一つ教えられず、ただ教室の片隅に机だけ与えられて、文字一つ書けない子がいた。クラス引き継ぎの時も、あの子はただ腰掛けさせておけばいいですよと言われ、四年間どの教師も、それを何とも思わず受け継いできたとみえ、本当に何一つ知らなかった。

わたしは満八歳の時、父が急逝し、一ぺんにどん底へ落ちてしまった生活をしてきたので、こういう子を見るとじっとしておれない性質《たち》である。そこで、そろばんを与え、一たす一から教えていった。授業が終えると職員室のわたしの机の下に座らせ、一たす一、一たす二、一たす三と教え、下の珠が五になると、上の珠をおろす、ただそれだけに、どのくらいの日数と時間をかけたであろう。わたしは、そのころずいぶん遠いところから自転車通勤をしていたが、この子はそろばんをしっかりと握って、わたしがやってくるのを校門の外に道に立って、待つようになった。代用教員だから体操などはできず、いつも近くの川口に魚捕りに連れて行った。この子は、その魚捕りの名人だった。川口にはさよりがいて、このすばやいさよりを、一瞬にして手づかみにするのであった。まさにそれは名人芸であった。ある日、この子が、こんなことを授業後言った。「先生、けさはめし三杯食ってきたんだ。米のめしでうまかった」と。貧しい家だったが、きっと何かで米のめしをたいたのであろう。それでその喜びをわたしに伝えたかったのである。わたしは職員室に帰り、この話をしたら、みながびっくりし、あの子が先生に話しかけたのは入学してから初めてだろう、と言うのであった。わたしはうれしかった。

　わたしはこの組をもう一年持ち、小学校を卒業させ、朝鮮に渡り、敗戦まで十年間、国籍のちがう生徒に接し、引き揚げ後も、知らぬ四国に来て教員を続けてきたが、転勤するたび、生徒たちがわたしに言うのは、先生はどこかがちがう、他の先生とちがう、と言うのである。最後は私立高校のむずかしいところに来たが、ここでも、先生は今までの先生とちがう、と言ってわたしの講義を素直に聴いてくれた。わたしは教員のスタートに、この知恵おくれの子に出会ったことの意義の深さを、今も思う。

水上さんの『ものの聲ひとの聲』が如上のような若い日のかつての思い出を甦《よみがえ》らせてくれたのである。

タンポポと朴

この人は本当に信仰の深い熱心なクリスチャンであったが、亡くなられる一ケ月ほど前にしみじみとわたしに語られた。

わたくしは若い時から天国のことばかり思ってきて、大地に咲いている花の名前もほとんど知らずに終わりました。俳句を作ろうとしても野の草、野の木たちの名前も知らないので、今になって淋しい思いがしてなりません。もうこの年になってはおそすぎます。それに比べて、あなたの出しておられる『詩国』を毎月拝読いたしておりますと、いろんな鳥や草木のことがいつも出ています。もっと大地に目を向け、大地の心を知るべきでした、としみじみ言われるのであった。信仰深い人だっただけに、わたしは語られる言葉が胸にしみ、天国でも何か淋しく過ごしていられるような気がしてならない。

聖書は荒野に生まれた教えである。だから天にましますわれらの神よ、といつも天を向いて拝む。つまり権威を持つ父なる教えである。ところが仏教は母なるガンジス、母なる海というように、生命の大地と密着した教えである。禅では脚下照顧という。つまり足もとをしっかり見るんだと、上でなく下に信仰の目を向けている。

これは西洋と東洋との大きなちがいであるが、わたしはタンポポが好きで、自分のいるところをタンポポ堂と言っている。大地に深く根をおろし、零下十数度の寒冷地でも平気で生きる野草の逞しさが、わたしをひきつけてやまないのである。わたしの詩に「タンポポ魂」というのがある。

踏みにじられても
食いちぎられても

死にもしない
枯れもしない
その根強さ
そしてつねに
太陽に向かって咲く
その明るさ
わたしはそれを
わたしの魂とする

という詩である。

わたしは満八歳の時、父が急逝し、一ぺんにどん底に落ちてしまった。その時、母は三十六歳であったが、遺《のこ》された五人の幼い子どもたちをどうして育ててゆくか、大変な母の苦闘が始まった。わたしは長男だったから母と労苦を共にし、食うために内職を始めた。また荒れた畑を借りて開墾し、いもやそばなどを作った。だからタンポポの持つ野草的な強さが、わたしには何よりもよい教えであった。わたしは強く生きることを、本からではなく、学校からでもなく、こうした野草たちから教えられた。

今、青少年の自殺や非行が毎日のように、新聞やテレビ等で言われているが、大地をまったく離れて育ったがために、自然というものを知らない、現代っ子たちの精神のもろさが、こうした自殺や非行となって現れてくるのである。

一つの花でもいい。本当によく見つめてみると、その神秘さに驚くであろう。中近東とちがって日本には四季それぞれ、とりどりの花が咲く、そうした花々をじっと見つめる愛すらほとんど持たずに、大人となり、父となり母となる。そういう日本になってしまったら、これから先のことが思いやられてくる。

わたしの家には、いろんな人がいろいろのところから送ってくださるタンポポが根をおろしている。

タンポポに次いで、わたしは朴を愛する。わたしは九州に生まれたので、寒帯木である朴は知らなかった。この木を知ったのは、敗戦後引き揚げて九州に帰り、まもなく四国に渡り、少年時代とはまたちがった苦労をした。その果てに、この木の存在を知り、この木と切っても切れぬ所縁《ゆかり》を結ぶようになった。

わたしの家にある朴は愛知県の山中からきたものである。愛知県の山中で、その生を終える運命にあった朴が、突然ある日、ある人から見いだされ、海を渡って四国にやってくる。それは一本の木とはいえ、因縁の深い重なりが思われてならない。

わたしは『朴』という詩集を編み、この木に捧げた。その中の「おのずから」という詩をあげてみよう。

花おのずからにして咲き
道おのずからにして開く

ああ
わが愛する
朴の木のごとく
あせらず

いそがず
この世を生きてゆかん
一つの道を貫きゆかん
護《まも》らせたまえ
導きたまえ

と、わたしはうたった。

朴は字もいいし、ひびきも実によい。花は純白で、大きく、そして何ともいえない芳香を持っている。葉もまた天狗の団扇《うちわ》といわれるほど大きく堂々とした男性的な木である。特にわたしが、この木に心ひかれるのは、わたしが晩成の人間であるように、この木もまた晩成だからである。

ある人がわたしの家の朴を見て、あと十年せんと咲きませんなあ、と言われた。ここに来てから十年になるのに、あと十年というと二十年になる。それまでわたしは生きているのであろうかと思った。多くの木は四、五年もすると花をつけるが、朴は待っても待っても花をつけない。まったく晩成そのものなのである。そこのところがわたし自身の姿そっくりなので愛着を持つのである。

朴の花の咲くのは六月初旬である。どの木もどの木も、ああ春がきたよ、早く咲こうよ、と急いで競うように花をつけるが、朴は枯れ木かと思われるほど悠然としている。そこのところが実に好きである。

現代はすべてインスタント的であり、早熟である。まだ何の人生経験も人生苦も知らない十代の青年や少女たちが、テレビの人気タレントになり、踊り歌い、莫大《ばくだい》な金をかせいでいる。まったくどこか狂ったような今の日本である。

梨《なし》に晩三吉という名のすばらしいのがある。大きくて風味があり、わたしは『梨花』という詩集を持つだけに、特にこれを愛するのであるが、性急な現代日本人からは、この晩成のよさは遠ざかり消えてゆく、それはまことに淋しく歎かわしいことである。

ある時、加賀の白山の麓《ふもと》に咲いていた朴の花を航空便で、大きなダンボール箱に入れて送ってくださったことがある。係の人が、それを持って来て妻に言われたという。

奥さん、これには何が入っているのでしょう。とてもいい匂いがするのです。もしよろしかったら開けて見せていただけないでしょうか、と。それで妻がダンボールを開けたとたん、中の花たちが一挙に大輪の花を開き、それはまことに言いようのないいい匂いであったという。それで係の人が、わたしは長い間運送の仕事をしていますが、こんなのを運んだのは初めてです、本当にきょうはいい日でした、ありがとうございました、と心から喜び、お礼を言われたそうである。

タンポポといい、朴といい、自然の一草一木に過ぎないかもしれないが、しみじみ接していると、いろいろのことを教えてくれ、深い切っても切れない縁が結ばれてくる。

生命危機の世に生きて

わたしの「念ずれば花ひらく」の碑が

沖縄の浦添という処に建った
この石は激戦地の北部の海岸に
ごろんと一つ横たわっていたという
掘り起こしてみると
もう二度と戦争はするなと
拳《こぶし》を振りあげている姿そっくりだったので
すぐこれにきめ
建てたということであった
わたしはその除幕式から帰り
こんな詩を作った

神が人間を作ったのは
失敗だったのだろうか
それとも試みに作って

若《も》しも悪に向かうようだったら
こわしてしまうつもりであったろうか
水爆までも作り
創造主をも恐れぬ人間どもを
どんなに苦々しく思っていられることだろう
やがて核戦争が起き
人類絶滅の日がやってくるだろう
月まで到達した人間でありながら
月のようにこの地球も
死滅させてしまうであろう
五十億年の歴史が
一瞬にして灰燼《かいじん》に帰すということは
何という不幸なことであろうか

そんな暗い思いの日々のある日
デオキシリボ核酸のことを知った
これは人間の生命を守る
一番大切なものであり
これが核戦争で破壊されたら
たとえ生き残っても
健全な子を産むことはできなく
また生きていても
さまざまな疾病《しっぺい》に犯され
生きる喜びも
全く消え失せることを知った

日本は長い間仏教中心の国であり
一匹の虫さえ踏み殺さない

シャカムニ世尊の
生命尊重の教えを守り
暮らしの基本としてきた
ところが今や心も体も毒漬けにされ
毎日のテレビや新聞が報ずるように
凶悪化する事件でいっぱいである

原因は複雑であり
一朝一夕にして
救済することはできないが
人生は一度きり
二度とないことを知り
自分の生命も
他人の生命も

互いに尊重する人間となる
これは仏陀の教えというより
人間基本の実存なのである
念仏ともども唱えて
悔いのない生き方をしよう

仏縁詩縁

「めぐりあい」という詩の中に、次のようなのがある。

大いなる一人のひととのめぐりあいが
わたしをすっかり変えてしまった

暗いものが明るいものとなり
信ぜられなかったものが信ぜられるようになり
何もかもがわたしに呼びかけ
わたしとつながりを持つ親しい存在となった

ここで言う大いなる一人のひととは、これから書こうとする杉村春苔尼、その人である。このお方にめぐりあわなかったら、わたしはどうなっていたろうか。仏の世界も本当に知らず、人に力を与える詩など書くこともできず、仏性を持っていると聞きながら、その仏性を見いだすこともできず、二度とない人生を本当に自覚することなく終わったであろう。

父が急逝し、一時にどん底に落ちてしまった。それはわたしの満八歳の秋であった。それ以来わたしの見る目、聞く耳が変わった。わたしは孤独になり、人間嫌悪になっていった。そうしたわたしだけに杉村春苔尼先生とのめぐりあいは、わたしにとって最大の恩寵《おんちょう》であり、最高の慈悲であった。

先生に初めてお会いしたのは、昭和二十八年の三月二十七日であった。わたしは自分の年譜の中に「先生との邂逅《かいこう》は実にわたしの大回心となった」としるしている。
わたしの詩に「鶯」というのがある。初めてお会いしたとき生まれた詩である。

先生とお話している間じゅう
鶯《うぐいす》が鳴いていた
それは
天妙の楽かと思われた

朝の光が
広いお庭の一葉一葉に照っていた
それは
彼岸の園かと思われた

先生を中心として

わたしたち親子五人
あたたかい御飯をいただいた
ああそれは
あの聖家族の絵を思わせた

何という不思議か
わたしはそのとき
エル・グレコの本だけを
旅の鞄《かばん》に入れていた

温泉《いでゆ》の池には生けるもののように
白い湯気が絶えずのぼって
日の照り翳《かげ》りで
虹《にじ》のような美しさを添えた

貧しいものに与えられた
この幸せを
わたしたちはどうして忘れ得よう
たててくださった
一碗のお茶にも
一期一会のありがたさが
体中に沁《し》みわたるように感じられた

先生は剃髪《ていはつ》していられたけれど、普通の尼僧ではなかった。つねに在家にあって身障者のために洋裁を教えて、衆生無辺誓願度の火を燃やし続けていられた。つまり世の中から捨てられた不幸な女性たちのため、また戦争未亡人たちのため、その抜群の洋裁技術を伝授して、この人たちを幸せにするため、身を底辺の世界において、生きておられたのであった。

先生は禅の人であった。小さい時から禅縁を持っておられ、わたしがお会いしたころは、足《あし》利紫山《かがしざん》老大師についておられた。わたしの参禅の師が河野宗寛老師であり、宗寛老師育ての親が、紫山老大師であった。そういうことを書いていると、仏縁詩縁というものの不思議が思われてならない。

足の人

わたしの詩に「三蔵法師玄奘の絵像に奉る詩」というのがある。

三蔵法師玄奘さま
この御絵像は
あなたのおいくつごろのものでしょうか
わたくしはあなたの御背《おんせ》の
おびただしい経巻よりも

あなたの一念不退の
その御足《おんあし》に敬首し礼拝いたします
日本のわらじに似たものを履いて
あなたは
大砂漠を
大高原を
大山大河を
いくつとなく越えてゆかれました
その強靭《きようじん》不屈の御足を
じっと見つめておりますと
光がうち出てくる思いがします
(後略)

この詩は彼の足を見つめているとき生まれたものである。わたしは毎暁、般若心経をとなえているが、わたし独特のとなえ方をする。それは「唐三蔵法師玄奘訳摩訶般若波羅蜜多心経」と声高らかに言ってから「観自在菩薩」ととなえ出すのである。そうすると、あの玄奘が越えて行ったインドへの大行程が、瞼に浮かんでくる。それに彼はこの経をとなえながら、この大願の旅をなし遂げたという。彼以前の多くの人は倒れてしまい、彼だけが成功して帰国できたのは、まったくこの般若心経の不思議なおん力だと思う。わたしが般若心経を愛誦するのも、玄奘がとなえ、一歩一歩インドへ近づいた、あの不退の魂を、わたくしも受肉したいためである。だから足の人の第一にあげるのが、この唐三蔵法師玄奘なのである。

第二の足の人は、弘法大師空海である。この人もとにかく歩いた。寺にこもって読経三昧《ざんまい》で終わったら、八十八ケ所の霊場も生まれず、南無大師遍照金剛の声も、庶民の声とならなかったであろう。わたしの母は弘法大師の膝頭《ひざがしら》から生まれた、とよくわたしに言ってきかせた。それでわたしが四国へ渡り住むことを打ちあけたとき、喜んで承知してくれ、一緒についてきてくれた。昭和二十一年五月末の騒然としていたころである。八幡浜に上陸して、母が最初に言った言葉をわたしは忘れない。四国の風は涼しいなあ、お大師さまのお国はいいなあ、と。大師の膝から生まれたという母の足も、苦労多い足であった。

それから次にわたしが尊敬するのは、一遍上人である。道後宝厳寺のあの一遍像ほど、わたしの好きなものはない。何一つ持たず、破れ衣に、素足で立っていられる姿は、どの祖師像よりわたしには尊い。あの足で日本全国を遊行賦算《ゆぎょうふさん》して歩かれたのだ。玄奘法師が中国第一の足の人なら、一遍上人は日本第一の足の人である。わたしは初めて、このお姿の前に立ったとき、その足に手を触れ、その困苦をわが身に移し取った。玄奘法師の足から出る同じ光が、一遍上人の足からも出る思いがした。

愛媛県立美術館ができたとき、郷土記念展が開かれ、久米の浄土寺にある空也上人像と、宝厳寺にある一遍上人像とが、相並んで立っていられた。わたしはそれがうれしくてならず、二度拝みに行った。一遍上人は空也上人を先達と仰ぎ、師として敬慕されていたのである。わたしはお二人の足ばかり見ていた。そして足の出し方のちがいを初めて見た。その時生まれたのが「つねに前進」という詩である。

すべて
とどまると

くさる

このおそろしさを
知ろう

つねに前進
つねに一歩

空也は左足を出し
一遍は右足を出している
あの姿を
拝してゆこう

最後に俳人芭蕉《ばしょう》と山頭火とをあげねばならぬ。

芭蕉

この道や行く人なしに秋の暮
この秋は何で年よる雲に鳥
旅に病んで夢は枯野をかけ廻《めぐ》る

山頭火

分け入っても分け入っても青い山
うしろすがたのしぐれてゆくか
鉄鉢の中へも霰《かすみ》

旅から旅へと旅し続けて、芭蕉は難波《なんば》の旅舎で死し、山頭火は伊予の草庵《そうあん》で亡くなった。

われわれの愛誦してやまない句はすべて、大地を踏みしめて歩いた足から生まれてきたものといってもよかろう。

禅は一個の茶碗の中にも

その文才を惜しまれて最近なくなった立原正秋さんの遺稿エッセイ集『冬の花』を読んでいると、生まれた年こそちがえ、日は一月六日、わたしと同じであり、その他、この人と自分とは、血を分けた同じようなものを持っているなと思い、この人の体に流れている狷介《けんかい》と反俗と孤高と、そして、その裏面にただよう冬の日のような何ともいえないぬくもりとが、相通じ合ってくる。現代の作家の中で本当に禅のわかる人は、この人だけではなかろうか。

禅は酒の中にも、一皿の料理の中にも、一個の茶碗の中にも存在する。そういうものを求めてわたしも生きてきた。

若くして神道系の学校を出たわたしは、一応日本神道についての知識を持っていた。念仏も母が熱心な信者だったので大体はわかっていた。早く父を亡くしたので、無常の心も他の少年たちよりも深いものがあった。しかしわたしを満たしてくれるものはなかった。

もともとわたしは宗教的なものより文学的なものに心が傾き、年少にして芭蕉に心ひかれ、彼の言う風雅のまことなるものに憑《ひ》かれてしまい、今にいたるまで、それがわたしを動かしている。でも、それはそれでいいと思っている。わたしはどこまでもわたしの体に流れている、この詩と信仰の二つのものを、いつか一つの流れとして海にまで達しようと思っている。

わたしは宗教的人間ではないが、さきにも書いたように、青春の日を伊勢の神道系の学校で過ごしたので、わたしの体の中にはいつの間にか、酒の中にも、一皿の料理の中にも、一個の茶碗の中にも、宇宙の心を感ずるようなものが生まれてきていた。今から思えば、そういうものが後年禅とぶつかり、わたしを大きく変えていったのである。

俸給が安いなら上げてやる、家が狭いなら広げてやる。君はいったい何が不満か。なんで転勤しようとするのか。そう上司はいつも言うのであるが、わたしはいつも強引に出てゆくのであった。俸給が上がるより、一篇の詩が大事だったからである。つまり詩が書けなくなると、居を変えるため転勤してきた。

知らない土地で暮らすことは妻もわたしも慣れてはいるが、そのころはまだ敗戦の痛手が残っていて、食うてゆくだけでも容易ではなかった。でも詩を作ることを第一義としているわたしには、惰性で生きることには耐えられなかった。

考えれば、多くの人にとっては、そのようなことは大きな冒険であった。妻子を連れて未知の旅に出る。そのたびに凜然《りんぜん》としたものが、詩心を回復させてくれた。でも、そうしたわたしに、大きな関門が立ち塞《ふさ》がり、わたしの足をとめたのである。

いったい詩とは何かということだった。わたしは不惑四十にして、この難問にぶつかったのである。

わたしには、この四十という齢《よわい》は大事であった。それは、この厄を越えきらず父が急逝した年だからである。

父がなし得なかったものを、わたしはわたし自身でしてゆかねばならぬ。それはいったいどういう詩でなくてはならないか。わたしは飢えた獅子《しし》のように、何か新しいものをつかみたかった。

そういう時、禅が展開してきた。今から思うと、まったくそれは諸仏諸尊諸菩薩のおかげお導きであった。転勤したところに専門道場があったからである。でも齢四十となり、己を無にして、師家《しけ》という一人の人間の前に、五体を投げ出し礼拝するということは容易なことではなかった。参禅のきびしさも聞かされた。はたして、それに耐え得るか、それも疑問だった。

そういうわたしを決心させてくれたのは、ある日老師が見せてくださった印度の鉄鉢だった。老師は若い時印度を歩いてまわり、この大きな鉄鉢で食を乞い、印度の民衆に触れてこられたという。それはかつて釈尊が持って歩かれたであろう、それと同じ印度僧の鉄鉢だった。

わたしは決心した。釈尊をわが師として、この老師に頭をさげ、すべてを捨てて打坐しよう。きっと新しい詩の世界が開けてくるにちがいない。そう決意して禅門の徒となったのである。

悟りなど、わたしには必要でない。世尊を師として詩を作ってゆく。万里一条鉄のような不動心、勇猛心が、この打坐から生まれてきてくれれば、それでいいのである。宗教家になるためではない。本当の詩人になるための坐だ。そういうところが、他の人とちがっていた。わたしは魚が水を得たように生き返った喜びで禅に参じた。

こうして禅門をくぐったおかげで、わたしに大回心を与えてくださった杉村春苔尼という偉大な人と出会うことになったのである。

ヴィヴェカーナンダは「最大の人は世から知られずに過ぎる」と言っているが、先生もまた世から知られずに、その七十五年の生涯を閉じられた。しかし先生の魂は、貧しい人や、身体障害の人や、戦争未亡人たちの間に残り、今も一隅を照らしている。先生を書こうとすると一冊の本になるが、わたしはあまり書こうとは思っていない。わたしの体にじっとしまって、わたしの詩の根源としたいからである。

灘（神戸）の王さまといわれる貿易商の家の長女として生まれ、何不自由なく育ち、才智にすぐれていた人が、結婚し、剃髪し、無一物となり、自分の道を選び生きていられたころ、わたしは出会った。そしてその出会いが、わたしをすっかり変えたのである。

大いなる一人のひととのめぐりあいが
わたしをすっかり変えてしまった
暗いものが明るいものとなり
信ぜられなかったものが信ぜられるようになり
何もかもがわたしに呼びかけ
わたしとつながりを持つ親しい存在となった

という詩は、先生とのめぐりあいをうたったものである。

さきにも書いたように豪商だったゆえ、いろんな人が出入りした。明治の傑僧南天棒師も、その一人だった。しばしば先生の口から南天棒老師のことが話に出た。春苔という法名もまだ幼いころ、南天棒師がつけてくださったのだと言われた。晩年は、百一歳で示寂*された足利紫山老大師についておられたが、先生の中には小さい時から禅が生きていた。わたしはこれまでいろんな方に会ってきたが、先生のように無を感じる人には、かつて出会わなかった。

先生の美しさは
どこからくるのだろうか
ああ
無求にして無着の
菩薩のような美しさ

とわたしはうたった。先生は男の持たない精神の純粋さを体いっぱいに持っておられた。

＊菩薩や高僧が亡くなること。

先生と歩くのは実にたのしかった。雲が、鳥が、向こうから近づいてくる。すべてが光に満ち、風が匂いとなり、いのちの声を放って過ぎてゆく。

霊能にすぐれていられた先生には、何か思議を超えたものが、周辺にいつもあった。わたしが過労の末失明しようとしたとき、先生の枕元《まくらもと》に立たれた聖観音を、毎日わたしは拝んでいる。十六、七歳と思われる観音さまである。先生の化身の観世音菩薩であったであろう。

詩縁、禅縁の不思議さ、尊さ、ありがたさを書いてゆけば限りがない。

琴糸

きのうは立冬だった。冬生まれのわたしには、この言葉は大変うれしいのだ。わたしの持っている歳時記には、二十四気の一つ。陽暦十一月七日か八日がたいていそれに当たる。まだ四囲の自然は秋色深いが、いくぶん日中の日ざしは弱まり、日暮れが早くなって、朝夕は手足の冷えを覚える、と解説がしてある。わたしは自分の季節になった喜びもあってきょういつもより早く招喚起床して、新しい本のための原稿を書いていった。

朝食をすませ好きな茶碗で一服のお茶を飲んでいると、宅送便が届いた。箱状の小さいものだが、ずしりと重い。記憶にない送り主の名前である。ワインでもなさそうである。そこでよく見ると発送伝票の品名欄のところに、タイプライターとある。それでまた宛名《あてな》を見た。坂村真民とあり、まちがってはいない。それにしてもタイプライターなんかをわたしにと妻に言いながら開いてみると、点字用のタイプライターであった。

わたしは眼を病んで以来点訳をやめているので、ちょっとびっくりしたが、中に手紙が入っていたので、送ってくださったわけがわかった。

それには、こう書いてあった。

つらい時、こころみだれる時、さびしい時、おもしろくない時、つまらない時、あなた様の詩集を開いて、心をしずめております。ありがたいことと、詩集を閉じる時は合掌いたします。ありがとうございます。

このタイプライターは以前点訳奉仕をさせていただいておりました時、使っておりました。眼をわるくいたしまして、残念ながら今は使っておりません。どなたか使ってくださる御方はございませんでしょうか。もし、そうなれば、どんなにありがたいことでございましょう。ごめんどうとは存じますが送らせていただきます。

あなたさまの詩による御賦算が、お心ゆくばかり続きますようにと念じます。

突然御都合も伺わずにいたします御無礼を平にお許し下さいますように。


これでよくわかり、わたしは仏前に置き、このことを報告した。そしてかつて書いた「琴糸」という文を思い出した。これは一度発表したことがあるが、この新しい本に載せて、多くの人に読んでもらいたいと思う。眼を病んで苦しかったころの忘れ得ぬ思い出だからである。

宮城道雄さんが亡くなられたことをラジオが報じたとき、わたしの心に浮かんできた二人のひとがあった。一人は、宮城さんがまだ修行中のころ、一緒に同じ師匠についていられた杉村春苔尼先生であり、一人は、東京の学芸大学の芸能科を出られた盲目の人、溝淵千代子さんであった。二人とも、わたしの尊敬している人であるので、わたしは、そのお方たちの悲しみを思うと、その日は食欲もなくなるほどであった。特に溝淵さんとはつい四、五日前会ったばかりであって、宮城さんの名曲をわたしひとりのため懸命に弾いてくださった。その余韻がまだわたしの体に残っていたときだけに、よけいに溝淵さんの悲しみが偲《しの》ばれてならなかった。

浜木綿の花が咲くころになると、妙に人に会いたくなってくることも、今のわたしにとってはもう不思議のことではなくなったが、溝淵さんからあの琴糸をもらったのも、梅雨《つゆ》もあけた七月のことであった。

わたしは、そのころ何かに憑《つ》かれたように真夜中から起きて、点字の練習をしていた。年をとってからの稽古《けいこ》というものは、自分が哀れになるぐらい、もの覚えの悪いものである。でもわたしは点字用紙いっぱいにナムアミダブツと書いて、われとわが誓願の成就を祈ったりした。また、精神一到何事か成らざらんと、少年じみた言葉を何度も点字器に向かって書いているうちに、漸《ようや》く手紙が書けるところまでこぎつけていった。そんな時いつもわたしを励ましてくれたのが、点字器と点筆とをつないでいる琴糸であった。

溝淵さんは自分の大事な琴糸を、わたしに下さっていたのである。わたしは溝淵さんの、そうした温かい心の琴線に触れる思いで、その点字器をわたしの専用のものとしていたのであった。

忘れもしない、溝淵さんがわたしのために弾いてくださった、あの宮城道雄さんの「秋の調《しらべ》」という名曲を聴いた日のことを。淋しい曲であったが、聞き手はわたしひとりなので一層温められて、ほろりとするような美しい気持ちに高まり清められていった。

秋の日のためいきに
落葉とならば
　河にうかびて
君が住む宿近く
流れて行こうよ
　流れて行こうよ
ふけてゆく秋の夜の
こおろぎとならば
　草の葉かげに

君が住む窓近く
夜すがら鳴こうよ
　夜すがら鳴こうよ

という歌詞も忘れ得ないが、まったく盲目とは思われない美しい両眼をじっと開いて、弾きながら歌われる溝淵さんと相対していると、宮城さんの流れを汲むこの人の魂の清さが、歌詞からも、曲からも、ひびきわたる思いがした。
わたしは、この人の琴うたを聴きながら、即興詩ではあったが、次のような詩を作って、この人に捧げた。

琴の音は
妙《たえ》にひびきて
しらさぎの
飛びもかもする

琴爪《つめ》は
澄みに澄みて
白妙《しろたえ》のさゆりの花の
咲きもかもする

涼風《すずかぜ》の
すずしき部屋に
基督《キリスト》も聞きておはしき
観音も聞きておはしき
不思議なるえにしの糸の
清き調べを

という拙《つたな》いものであったが、クリスチャンの溝淵さんと、仏教徒のわたしとをつなぐ琴糸の不思議な所縁が思われてならなかった。

その後、溝渕さんから、次のような点字の手紙が届けられた。

……宮城先生の悲報を聞き、悲しみと驚きで、打ちのめされたような気持です。わたくしどもの、もっとも大切な明るい道しるべの光が、消されたのですから……

わたしは早速、次のような歌をつくり、慰めの言葉とした。

この日ごろ乱れんとするわがこころ浄まる思ひきみが便りは

点字にて四枚にわたるきみが手紙《ふみ》疲れも忘れ灯《ひ》のもとに読む

この夏の休暇には、海を渡って杉村春苔尼先生をお訪ねし、二人でしんみりと宮城さんのお噂《うわさ》をしよう。また溝渕さんはわたしの「伊予路」という詩に、いっしょけんめい曲をつけていられる。二つともたのしく待たれるものである。

杉村春苔尼先生は亡くなられたが、溝淵さんは、あれから結婚し母となられた。「伊予路」はかつてラジオで放送してくださったことがある。

未知の読者から点字のタイプライターをいただいて、悲しかったことや、苦しかったことや、なつかしかった日のことを思い出し、午後から雨になった一日を過ごした。

冬に入る雨である。

若い人への手紙

その一　バックボーン

わたしの母は嫁入りの時、長刀《なぎなた》の免許皆伝、鎖鎌《くさりがま》の免許皆伝の巻き物を持ってやってきたという女丈夫であったが、その長男のわたしは、目ばかり大きくてひ弱な子であった。そこで小学校五年の時、母は隣村の剣道場にわたしを連れてゆき入門させた。だから中学（旧制）に入ると、初めは認めもされたが、体が小さくて上から面《めん》を打たれるので腹が立ち、剣道はやめてしまった。もし普通の体格だったら、剣道の教師になって母を喜ばせたであろう。この道場の先生は、のち十段となり、御前試合をされるほどの日本でも指折りの人となられた。

昔は徴兵検査というのが、男の晴れの場所であった。各村の村長以下名誉役職の者たちがずらりと居並ぶ中で、日本の誉れの男であるかないかが判定宣告されるのである。わたしの番がきた。徴兵官はわたしの名を呼び大きな声で「筋骨薄弱第二乙」と言った。恐らく並みいる者は苦笑したであろう。わたしはこれ以後、この言葉が頭から離れず、今もどこかに刺し刻まれ、わたしを奮起させるのである。甲種合格や第一乙の者は、お国のために役立つ者であり、第二乙や丙種の者は、お国の役にも立たぬ者という烙印《らくいん》を押されてしまう。まことに徴兵検査というものは、そのころの男子にとっては大きな関門だったのである。今は笑って人さまの前に、この話をするのであるが、その当時は実にくやしかった。でも、このくやしさがわたしをつくっていった。筋骨は薄弱であっても、バックボーン、つまり背骨、気骨、確固とした信念においては、人に負けないものを持とう、持たねばならぬ、そうしたものがわたしの一生を貫き、今にいたっている。

禅語に万里一条鉄というのがあって、わたしの大好きな言葉である。それはわたしが求めてきた、わたしの精神史を物語ってくれる言葉だからである。

わたしは十代の終わりごろから短歌を作り始めた。中学を出て伊勢にある神宮皇学館（現在皇学館大学）という神道系の学校に入った。どうしてこんな学校を選んだかというと、日本で一番授業料が安かったからである。父を早く亡くして母一人によって育てられたわたしは、進学することなど無理であったが、母はわたしの希望をかなえてくれ、それでこの学校を選んだのであった。でもわたしの性格にあまり合わず、短歌ばかり作っていた。今は詩に転じているが、この伊勢の地で青春の日々を送らなかったら、とうに詩から離れ、詩心も枯れてしまい、詩を作るより田を作れで、普通の人間になってしまったであろう。だからわたしが若い人に言いたいことは、青春の日を、どこで、どんなにして過ごすかということである。

わたしは『石笛』という一巻の歌集を持っているが、その初めのほうに「伊勢の海」と題して数首の歌をあげているが、その詞書《ことばが》きに、こうしるしている。

伊勢での四年間の生活は、学問というよりも、むしろ人生を知らしめた。いやもっと大きな自然を知らしめたといってもよい。古い国が持つ海と山と川との美しさに触れて、わたしという一個の人間をつくり始めたといってもよかろう。

この考えは今も変わっていない。歌はまずいものばかりであるが、ここでの四年間は、孤独の中で、わたしの青春を温め豊かにし、いかなる困苦にも耐え抜いてゆくバックボーンを一本打ち込んだのであった。

若い日をどこで、どう過ごすか、それは一人の人間の成長に、目覚めに、大きな力を与えるものである。九州生まれのわたしは、長い旅路の果て、母なる神の鎮まります伊勢で、人生のスタートを切ったのであるが、それは今のわたしをつくる詩神の大きな恩寵であった。

そのころの歌に、こんなのがある。

西行も芭蕉もつひにひとりなりと堅き心を師は宣《のたま》へり

これは学生時代も終わろうとするとき、短歌の師である岡野直七郎先生を、東京渋谷の家に訪ねた日の作である。先生は東京大学の政治科を出ながら、立身出世の道を選ばず、渋谷の道玄坂に飯店「蒼穹《あおぞら》」という一店を出し、そこでライスカレーなどを作って、ひたすら短歌の道を歩こうとしておられた。わたしは先生のそういう情熱、そういう気概に感動して、この人こそ終生の師であると思った。

西行も芭蕉も、万里一条鉄のバックボーンの持ち主である。わたしは、こういう詩人たちの系譜の中に自分を置こうと、あえて独りの道を歩んできたのである。わたしの詩に「しんみん五訓」というのがある。

クヨクヨするな
フラフラするな
グラグラするな
ボヤボヤするな
ペコペコするな

その二　コンプレックス

辞典には、コンプレックスとは、①ある感情が無意識に心の中に抑圧され保存されていること、②劣等感、と書いてある。

わたしの青春は、このコンプレックスの中でさいなまれ、苦しめられ、孤独と憂愁と鬱憤《うっぷん》との中で過ごされた。

第一は、満八歳の時の父の急逝である。これによって平和で幸福だった家庭は突然に貧乏のどん底に落ち、村一番の大きな木のある広い屋敷を持った家から、小さい藁《わら》屋根の、雨が少し激しく降ると、一家六人の者が寝るところもないほど雨漏りのする暗い家に移り住み、履くものは自分で作り、生きるために母の内職を手伝う生活が開始された。初めから貧乏であったらコンプレックスも起きなかったであろうが、父が村の小学校の校長だったこともあり、校長の子として育てられたわたしには、どこかに自負と矜持《きようじ》とがあり、それはいつしかわたしの性格ともなっていた。それが一瞬にして崩れ去ったのである。

第二は、体の小さいことであった。母は長刀で鍛えた女丈夫であり、新婚時代の写真を見ると、大柄の立派な体格の持ち主である。そういう母の長男として生まれたが、目ばかり大きくて、ほめるのに困る子であったという。母の熱心な育児の効果もなく、一向に大きくならず、おまけに満四歳の時、赤痢《せきり》にかかって避病舎に送り込まれたりしたため、今にいたるまで腸が弱く、小学校でも中学校（旧制）でも、体操の時は一番ビリのほうからついてまわっていた。だから一番嫌いなのは、一年一回催される運動会であった。多くの人は何よりたのしいものであったろうが、わたしには、この日のくるのが苦しかった。衆人環視の中で辱めを受ける最悪の日だったのである。小学校の時は、まだあまりコンプレックスは感じなかったが、中学に入ると本当にビリになり、机の席順も身長順だったので、卒業するまで末席であった。特に中学四年になると軍事教練が開始され、三八式歩兵銃が各中学校に配布され、みなそれを持って運動場に整列するのが何よりの自慢だったが、わたしと他二人、合わせて三人だけは銃より背丈が小さいので、騎兵銃を持たせられた。教練はよく校門を出て町中を通り抜け、田んぼや畑などで行われた。そんな時、小さい生徒が小さい銃をかついで行進するので、よく指さし笑われた。わたしは門を出ると、もういやな思いでいっぱいだった。特に生徒たちの最大の喜びは、年一回の発火演習だった。弾《たま》が配られ、みなそれを発砲して前進するのであるから、実戦そのもののような気がして、みなは胸をわくわくさせたであろうが、騎兵銃を持っている三人には弾もなく、野外での演習だから人も見にくるし、わたしにとっては、運動会と同じように不快な一日でしかなかった。

こうしたことは、一つの大きな受難といえよう。この三人のうち一人は成績もよく、国立の医科大学に合格したが、学生中悪病にかかり死んだ。一人は生まれつきの者だったので、これは仕方ないことだろう。わたしはどこも悪いところはなく、ただ小さいだけだった。だから何とかして一人前の背丈の者になりたい、それがわたしの念願であり、祈願となり、いつも心の中を渦巻き燃えていた。今から思うと、そうしたものがわたしの信念となり、信仰となり、今日のわたしをつくりあげる根幹となったであろう（身長は中学卒業後伸び一人前となった）。

コンプレックスはまだあった。書道コンプレックス。絵画コンプレックス。音楽コンプレックス。こういうものがまたわたしを苦しめた。ここでは音楽だけについて書いておこう。

わたしは父が小学校の校長だったこともあり、小学校の教師になり、父がなし得なかったものをなしたいと考えていた。だから中学から師範学校を受験した。そのころは、一日一日の成績を発表して合否を決めていた。いよいよ最後音楽の日となった。その音楽教師は、気狂いとあだ名され、天才的な人のようであった。わたしの番となり、呼び入れられ、何調とかで君が代を歌えと言う。わたしはハ調もへ調もわからないので、キミガァと歌ったら、もうそれだけで、ダメだ、と一喝され、それきりだった。午後の発表掲示板には、わたしの名はなかった。これでわたしの夢も望みも消え去った。今も君が代を歌うと、わたしの胸が痛む。

まだわたしの心の奥に低迷しているコンプレックスは、いろいろある。でも如上のように自分のことをさらけ出してわたしが言いたいことは、このコンプレックスにどう対処し、それをどう打開し、どう克服し、現在の自分を成長させてきたかということである。わたしの詩に「存在」というのがある。

ザコは
ザコなり
大海を泳ぎ
われは
われなり

大地を歩く

若い人よ、この何より尊い自己の存在感を確認確知して、強く人生を生き抜き給え。

その三　マンとメン

まず結論的に言うならば人（マン）は、その人特有の面（顔）を持つことによって、初めて世に生まれてきた意義と価値とが存在することになるということである。

リンカーンであったか、大統領となり閣僚を決めるとき、ある有力な人物があり、多くの人は彼を推挙したが、リンカーンは断固ことわったという。その理由は、あの男の顔（面）は昔も今も少しも変わっていない。ああいう進歩改新をしない人間（マン）は将来性がない、と言ったという。面白い見方である。

わたしが仏教に近づいていったのは、他の人といくらかちがっていた。もともと神道系の学校を出たわたしは、神道の持つ明るさ、清さ、おおらかさ、自然さが好きであり、その中で生きようとしていた。ところが父を早く亡くして、どん底生活を経てきたわたしは、人間の醜さや、生き難さをいやというほど見てきていたので、他の学生たちのように、ただ酔吟放歌することがどうしてもできず、人間の真の生き方、在《あ》り方を求めて仏典に心ひかれていったのである。そしてある日釈尊伝の中で、世尊が蝶《ちょう》を見てはいつも合掌されていたことを知り、ああこの人こそわたしの師であると直感したのであった。

蝶の幼虫は見るのもいやな毛虫である。しかしひとたび脱皮したら、この虫が天使と思われるような優美そのものの姿になる。釈尊は、その変容のすばらしさを見て、衆生もまた、このように自己を脱皮させねばならぬ、としみじみ思われたのである。

マンというのは、生まれたままの人間をいう。それは人形のように可愛く美しいかもしれない。しかしそれだけでいいのであろうか。わたしは木が好きだから木で説明しよう。

わたしのタンポポ堂には、米松《べいまつ》で作った六地蔵さまがいられる。米松は安いので、かつては校舎の多くは米松であった。最近はほとんど鉄筋コンクリートになったが、わたしの勤めていた校舎もとりこわされ、その残片で木彫家のSさんが作ってくださった六地蔵である。わたしは、それをいただいたとき、木目の端正さに心うたれた。それは一度も強い風に当たらず、すくすくと育った松である。一目見て、それがわかる。でも、それゆえに材木としては劣る。なぜなら弱くて力がないからである。ところが日本の松は年に何十回もの台風にあい、年輪も複雑で実に強い。つまり風雪に耐えてきたから強靭なのである。人間も同じである。今日青少年の問題が急にやかましくなって、犯罪や暴行非行が世を騒がせている。そしてその原因は過保護が主なものとされている。つまり彼らは何らの脱皮もしない、いやできない人間にされてしまっているのである。またしようにも、その力がまったくない人間に育てられてしまっているのである。言い換えれば、自分というものを持たないマン（人間）いっぱいの日本になりつつある現状なのである。

個性というのは脱皮することによって、その濃度を増してゆくものである。それを家庭でも学校でも教えなくなった。それが今の日本である。わたしが宗教が大切だというのは、このことを言いたいからである。宗教とは脱皮、解脱《げだつ》のことなのである。かつての彼と今の彼とは、別人のようになっている。そしてそれによって面（顔）も一変してくる。わたしは、そういう人を何人か知っている。

わたしが禅に参じようと決意したのは、足利紫山老大師のお顔を拝見したときであった。そのことは何度も書き話もしてきたが、あのような温顔慈顔の人に接したのは初めてであった。老大師は百一歳まで生きられたが、その時は九十の半ばを越え、もう菩薩さまのようなお顔であった。わたしは解脱の最高の人に会った思いがした。

辞書に蟬脱《せんだつ》という言葉がある。正しくは蟬蛻《せんぜい》と書くのであるが、せみのぬけがらのことである。せみは、そのからを脱ぎ新しい自分となる。そういうことから、超然として世外に脱け出る意味が生まれてくる。古人はせみのぬけがらを見て、ああ自分もからを脱いで、別な人間にならねばならぬと思ったのである。釈尊が蝶を見て感動された心と同じなのである。

わたしは二十数年に亘《わた》る短歌生活から詩に転じ、個人詩誌『ペルソナ』を創刊した。ペルソナとはラテン語で面を意味する。英語のパーソナルという語の語源である。個性とか人格とか訳しているが、人は生まれながら、その面（顔）がちがうように、その人間性もちがうものになって初めて真の人間といえよう。

マンからメンへ、つまりペルソナを持つ人間に脱皮しなくてはならぬ。

若い人よ、どうか自分の面を自分で作りあげてもらいたい。面作りが精魂こめて面を作りあげるように、キラキラ輝き光る個性的な面（顔）の人になってもらいたい。

その四　エゴについて

『広辞苑』には、こう出ている。

エゴ　自我。

自我　①（哲）私。自己。即ち意識者が他の意識者及び対象（非我）から自らを区別する自称。諸体験または諸作用の主体的統一契機。我。②（心）自分自身に関する各個人の意識または観念。

こういう説明では何一つ生き生きしたものは生まれてこないが、結論的に言うならば、若い人よ、大いなるエゴの持ち主であれ、と強く主張する者である。

わたしは今も詩を書き続けているのであるが、初めから師を持たず、持とうとも思っていない。ただ心の中では、シャカとイエスとを、わたしの偉大なる師匠として、敬仰してきた。わたしは宗教家ではないから、この二人を完全無欠な人として神格視して畏敬《いけい》しているのではなく、最高の詩人として尊敬してきた。

さていったいエゴとは何であろうか。世間一般には、エゴイストとか、エゴイズムとかいうと、いい意味には使われないが、人間実存の本質的なものからいうと、その人の持つ得難い宝のようなものであって、その量が多く、その質がすぐれていればいるほど、偉大な人と言うべきである。このテーマにふさわしい言い方をすれば、人間最大最高のエゴの所有者として、シャカとイエスとをあげたいのである。シャカはあまりにもエゴを持っていたので、王位を捨て、城を捨て、妻子を捨て、一介の乞食《こつじき》となったのである。イエスもまた二人の盗賊と一緒に十字架にかけられてしまったのである。こういう事実は歴史を紐解《ひもと》いてみれば、いたるところに出てくる。シャカが言われた「天上天下唯我独尊」というのも、この自我の尊さを言われたのである。

思うに自我ほど尊いものはなく、自我ほど大切なものはない。平々凡々たる者にエゴはない。だから、この自我の種を、どのように発芽させ、成長させ、開花させ、結実させるか、それについて言及しよう。

わたしは十代の終わりごろから短歌を作ってきた。それは歌人になろうと思って作ってきたのではなく、短歌を作ることによって、自分自身を開花結実させたいからであった。ところが、この短詩型ではどうしてもできず詩に転じ、さらに禅に求めた。禅は中国で発達したものである。中国人は中華というほど自我意識の強い民族である。禅は中国人の性格に合ったもので、宗教ではあるが宗教概念から離れた独自なものである。だから禅のようなエゴの強いものは絶対日本には生まれない。

若い時は大いにこのエゴを獲得しなければならぬ。若くしてこのエゴを持たない人は、立身も出世もせず、またよい作品を生み出すこともできない。エゴはまったく肥料のようなものである。うんと摂取して自分を豊富なものにしなくてはならぬ。若い時から折り目正しい紳士的な人間は、恐らく何事もなし得ず世を終わるであろう。若い時は少々破滅型の手に負えないエゴの持ち主のほうが、後日いい仕事をし、いい作品を残すであろう。

エゴの所有者は孤独である。それは周囲が、これらの人を理解することができないからである。時には狂人扱いにするであろう。でも、こういう人たちが、今日偉大な人になっていることを、少しでも美術史を開いた人なら知っているはずである。

ゴッホもセザンヌもミレーも孤独で貧乏であった。名声は死後に生まれた。ゴッホになろう、と決意して努力してきた棟方志功さんも、今日の栄誉を得るまでには、長い孤独と貧乏と不遇とを体験している。それはわたしもいくらか知っているので、棟方さんのことを例にとって書いてみよう。

わたしが棟方さんと所縁を結ぶようになったのは、第三詩集『かなしきのうた』を差し上げてからである。かなしきとは鍛冶屋《かじ》が使う鉄床《かなとこ》のことである。棟方さんの家は鍛冶屋だったからお贈りしたのであった。ハガキの礼状をいただいてびっくりした。よくこのハガキが届いたなと思った。そんな文字であり、どこから読んでいいのか、わからないほどの実に個性の強い書き方であった。まったく天衣無縫にして宇宙的な棟方板画そのものであった。

若い人よ、ゴッホ、セザンヌ、ミレー、棟方志功のように、大いなるエゴの所有者であれ、エゴが大きければ大きいほど、咲く花も大きいのだ。

偉大な現代のマスター、インドの巨星バグワン・シュリ・ラジニーシは言う。

まず自我（エゴ）を達成しなさい。用意をととのえるのだ。個となるがいい。そうすれば宇宙的なものがあなたに起こることができる、と。

若い人よ、なんと尊い青春のエゴであろう。

杉村春苔尼先生の手紙

先生の手紙は、わたしにとって灯台の光であり、尊い道しるべであった。先生の手紙は箱に入れ、大切にしまっていたのであるが、きょう取り出してみて波のようなものを感じた。波とは先生の体調である。先生は白血病という持病を持っておられた。どうして白血病という特異な病気にかかられたか、その原因について、広島の原爆と深い関係にあることを、かつて書いたことがあるが、うつむいてペンを執っていると、鼻血が出るということを、手紙の中でしばしば書いてよこされた。だから先生の手紙は、健康な人の手紙とはまた違った意味で尊くありがたく合掌感謝した。

きょう初めて枚数を調べてみたら、全部で三百二十三通あった。昭和二十七年先生五十歳の時から、昭和五十二年七十五歳で亡くなられるまで、二十五年間の手紙である。

体調の波といったのは、この間の手紙の枚数を見て、わたしが感じたものである。一番多いのは、昭和四十四年先生六十七歳の時で、二十一通いただいている。そして一番少ないのは昭和五十二年先生七十五歳の時で、一通で終わっている。むろん先生は、この年の六月十一日永遠の眠りに就かれたのであるが、三月以降はほとんど臥床《がしょう》、入院の状態であった。

手紙を書くということは大変なことである。特に先生のように杉村洋裁学院を開いて、身障者や不幸な人たちのため、その技を教え、独立させ、結婚の世話までなさるという、多忙な明け暮れの中で、寸暇を見いだしペンを執り、相手の人に光明と平安を与える、そういう手紙を書くということは、大悲大慈の人でないとできぬことである。

先生は、わたしだけでなく、多くの人にも書かれたであろう。不幸な人たちはみな先生を頼りにし、観音さまのように仰ぎ慕っていたから、先生からの便りは、どんなにか、そういう人たちを励まし力づけたことであろう。

わたしは久しぶり、本当に久しぶり、これらの手紙を開いてみた。生きておられたときは、そうでもなかったが、亡くなってしまわれ、もう永遠に手紙をいただくことはないと思うと、一通一通に、先生の呼吸と先生の体温とがこもっている感がした。

先生はすべてにすぐれていられたから、字のうまさは生まれつきだったろうが、習得された優雅達筆さがあり、時に読めないこともあったので、手紙はだれにでも読めるように書くべきであり、特に住所宛名は、あまり学のない郵便配達の人にでも読めるよう書く心遣いが大切であるというような、大変失礼な手紙をあげたところ、すぐに改められ、わたしの子どもたちでも読める字を書くようになられた。これにはすっかり頭がさがった。本当にお偉い方だと思った。偉い人は頭の切り替えが実にいい。特に先生は禅の人であったから、名楽器のように冴《さ》えていた。

頭は剃《そ》っていられても女人《にょにん》だから、男の人への手紙は、そう多くは書かれなかったであろう。あるいは男の中では、わたしが一番多くいただいたかもしれない。

わたしが先生に初めてお会いしたのは、昭和二十八年三月二十七日であった。先生五十一歳、わたしは四十四歳であった。手紙は、その前年二十七年からいただいていたのであるが、やはりお会いする前と、お会いしてから後のものとは、実感のちがいがあるような気がする。

次の手紙はこの年の六月十三日に書かれたものである。

雨がふりつづきましてやみませぬままに霖雨《りんう》となってしまいました。今日は梅雨の晴間と申すようなお日和《ひより》でございました。

御無事に御帰宅になりました御便りと大耕ありが度うございました。御父君の墓前の御詠詩しみじみとして胸に迫って参ります。幾度も読み返していますと、可愛い嬢ちゃん方の御姿と、それをじっとつつましく貴方様《あなた》により添って見守っていらっしゃる美しくやさしい奥様の御様子が、目に見えるようでございます。皆様がお元気でお幸でいらっしゃるようにと祈っているのですが、御無沙汰《ぶさた》ばかりしましてすみません。丁度御立寄り頂きました時、腰を少し痛めておりましたのが一寸《ちよつと》した事位に軽く思っておりましたところ、日を重ねます程に痛みが加わって参りまして、今日もまだ大分《おおいた》の方に通う事も出来ずにおります始末でございます。丁度農繁休みになりましたので、ゆっくり保養が出来まして好都合でございます。そのようなわけで床《とこ》にいます日が多く、御便りをせねばと存じつつも失礼してしまいました。

日々に淋しさまさる昨今でいらっしゃいましょう。

若くして母を亡くしました私には、今日まで母君に生きて頂かれた御事、お思出も多く、又御思慕も深く、又淋しさ御悲しさも深くていらっしゃるとは存じますけれど、又御幸でもいらしたと、おうらやましく存じております。

大乗寺裏山の伊達家の墓地の苔むした墓石の前に、私もよく坐りに参りました。夜中、苦しくなってフクロウの鳴くこえをききながら、月の光を頼よりに落葉を踏んで登った事もございました。明け近くしっとりと夜露にぬれて山を下りた事、暁の光に墓石を撫《な》でて、時の移り変りを目前に見、ハッとした気持で過去と未来の今に、我を置いて生のよろこび、きびしさ、業《ごう》を行《ぎょう》じて行く現身《うつしみ》をしみじみと感じた事でした。

真民様今貴方様がお坐りになっていらっしゃる伊達家の墓所は、かつての日有髪《うはつ》の私の坐ったところでございます。

三千年のその昔、お釈迦様がなされた通りにして坐っていられる、そのところが円い世界の中心でございます。貴方のお姿は大きな大きな重い御姿で、天地一パイに拡がっていらっしゃいます。

坐っていらっしゃいます時は、一切の束縛からはなれ、自由の世界にあらゆる悩みを吹きとばして、永遠の生命にふれる事がお出来でございます。私も若い頃は、おさとりだとか、無我だとか、かたくなって坐っておりましたが、只今は、そんな事は一切思いもいたしませんで、心には善も悪もないのでございます。心はとらえ様の無いもの、現はすべき体性《たいしょう》と申すものがございません。現身の業に表現があり、それが善に悪に、苦に楽になって参りますから、その業をピタリと真に止めて、表現をとり去ってしまった姿が、坐禅でございます。現身の業を完止してしまいますと、善も悪も、表現も動きも無いのでございますから、絶対的な心の安静を得られますし、自然に永遠の生命を自覚出来ます。自由の世界に飛び出せます。現身には随縁によって、逆らはず、正しく生きる道が明るく足下に開けて参ります。書き出しまして妙な方向に筆が飛びました。釈迦に説法、おゆるし下さいませ。不順の折柄御大切に〳〵。

春苔　拝上

とある。

御多忙の身で、よく書いてくださったと、涙がにじんでくる。手紙がすこしきびしく坐禅にふれたりしているのは、先生にお会いして五十日目、五月十六日に母が亡くなり、悲しみにうち沈んでいたからである。先生はわたしを起《た》ちあがらせるため、このようなお手紙を下さったのだと思う。なおここに出てくる大乗寺というのは、愛媛県吉田町にある臨済宗のお寺で、吉田三万石伊達家の立派な墓所があり、先生は神戸の家を出て、しばらくここに身を隠し住んでいられたことがある。剃髪は大分県杵築《きつき》の養徳寺でなされ、わたしがお会いしたころは別府市にお住まいであった。

さきにも書いたように一番多かったのは、先生六十七歳の時である。

次のは二月十六日発信されたものである。

今日十五日成人の日、風強く霜白い朝明けに、今年の成人の方達に何かきびしいものを感じさせた事でしょう。

昨日詩国有難う存じました。今回の詩国は宗教の匂いもなくて心に吸い込まれるように思われました。真民様には詩其物が宗教でいらっしゃるのですし、詩を拝見する人達も、宗教を意識しては限られてしまいます。仏教者だけの詩人にはなって頂き度くない。読む人が、それを仏教者は仏を心に、キリスト教徒はそれを神に、万人万様の詩教を得られるように、誰の心にも吸いこまれる愛誦される詩を、私はお願いし度いと念じます。私がいつも思います事又先生にも申上げたい事がございます。

照山師のお歌全然仏を感じさせないのが私には何か物足りない。これは一山《いちざん》の和尚様でいられる方、仏教を感じさせず、人の心を突き動かさず、唯其時、其対者、景色、只の歌人でいて欲しくない、と思いますの、自分の心を歌い上げるだけでは物足りないと私は感じます。これは私だけかも知れません。生意気申上げてすみません。お許し下さいませ。ここまで書き熱が出はじめましたので、一応筆を止めます。

今日は二月十六日、日曜日、やっと悪性の風邪も退散しました。一ケ月少し快い日は起きて生徒を見ていますが、頭痛がひどくて御便り申上げる気持にならず失礼してしまいました。禅の友も有難う存じました。

石も雲も読んで下さる人達の心の中にしみじみとけこむ事でしょう。有難い事です。伝道ポスターのお話ほんとに尊い事だと存じます。先生の詩霊が老婦人の心に生きる力を与え、光をともして下さったので、きっと残りの人生を心楽しく明るく生きて行かれる事でしょう。

前便のお袈裟《けさ》の事ですが、適当な生地を見つけますまで、そして私の手が今少し自由に働きますまでお待ち下さいませ。今自分の着る物もミシンで縫いますのですが、不自由乍《なが》ら練習しておりますから、今少しお待ち下さい。少し暖かくなれば今より自由になりましょう。

先日山下照山師から村上昭夫詩集動物哀歌を送って頂きました。大自然の中から大きなお悟りを見ていらっしゃると感心いたしましたが、もう亡くなっておしまいになりました。坂村先生の静かな物の中から大きな動を、道にころがる小石の中にも過去未来を見、石に音を与え、石や花と対話の出来る、そして無相の相の広大さを悟っていられる真民先生をお幸せだと思いました。どうぞ御尊体充分お気をおつけになって長命なさって下さい。たいそう六十歳の坂を気にしていられますが、先生の詩命は未だ未だ終りはしません。先生には御仏がついていていられます。しかし御養生をなさる事も仏法の法、これをお破りになりませんよう御精進下さいませ。

春苔　合掌

このお手紙も、胸のどきんどきんとするような、やさしくて、きびしさのこもった、頭のさがるお便りである。

ここに出てくる山下照山師とは、大乗寺専門道場の留守役をしておられた雲水さんで、先生が身を寄せて居られたころ、河野宗寛老師は新京別院の総監だったので、留守役の照山師は短歌を作り、先生も歌には堪能《たんのう》なので、自然心の通い合う間柄となり、後照山師が一山の住職となられてからも、このような直言をなさるのであった。わたくしももし照山師が大乗寺にいられなかったら、禅門をくぐることがあっても参禅まで踏みきることはできなかったであろうし、また先生との深い縁も結ばれなかったであろう。不幸にも一山の老師となり、これからという時に他界された。なお伝道ポスターの話というのは曹洞宗宗務庁で作製されたもので、たて五十一センチ、よこ七十二センチ大の中に鎌倉杉本寺の十一面観世音菩薩頭部像を写真にし、わたしの詩、

死のうと思う日はないが
生きてゆく力がなくなることがある
そんなときお寺を訪ね
わたしはひとり

仏陀の前に坐ってくる
力わき明日を思うこころが
出てくるまで坐ってくる

というのを全国の寺院やその他に配布された。その一枚が北海道のあるお寺で、死のうと思ってお寺にお別れに来た老婦人を救ったという話である。これは北海道新聞に載ったもので、このポスターは、その後いろいろのところで話題になったものである。

この二十一通もの手紙をいただいた昭和四十四年というのは、わたしにとっては特筆すべき年であった。それは先生が、わたしの住む四国松山の道後温泉にお出でになったことである。むろんお体のお弱い先生だから、お一人では無理で若い生徒さん四名と一緒だった。先生は五月三十一日の夕刻関西汽船でお着きになった。わたしはその時の喜びを歌い、こういう詩を載せている。

夕日と満月

美しい夕日だ
もう二時間したら
先生が四国にお着きになる

夕日の沈む彼方《かなた》から
先生の船は刻一刻
四国に近づいてくる
いまごろは瀬戸の海の
どこらあたりであろうか

美しい夕日が沈むと
やがて満月となった
ああ天は先生のお出でを祝して
なんというすばらしい

演出をするだろう

光

満月の光を浴びて
来たまひしと
声あげて言わむ
海よ
山よ
さらに輝け

先生は二泊してお帰りになった。先生にとって四国伊予の地は忘れることのできないところなので、感慨無量なものがあったろう。四十四年というのは、そういう年であった。

わたしは久しぶり先生の手紙を開いて読んだ。便箋《びんせん》にまだ香《こう》の匂いの残っているのもあった。

その中で貴重な手紙を発見した。昭和四十一年七月三十日に書かれたものである。わたしは前著『随筆集　めぐりあいのふしぎ』（旧版『生きてゆく力がなくなる時』）の中に、先生についての小伝のようなものを書いたが、その時は、この手紙のあることに気付かなかった。それだけに、この手紙は大切な資料である。


連日のお暑さお元気でいらっしゃいましょうか。

別府は毎日三十度を越すお暑さで、其上大分は今年脳炎の流行地になりまして、困ったものでございます。今年の会場地の名古屋も有名な酷暑地で、どうぞお気をおつけになりまして行っていらして下さい。

地図を待っておりますが未だ着きません。あまりおそくなりましてもと思いまして差し出しますが、神戸市は戦前の風水害と戦災のため、昔の面影は全くなくなってしまいました。

私の生れましたのは、今の生田区下山手三丁目、幼い記憶では、裏に回教の教会があり、支那人の住家が多く、幼い頃、子供達は、支那、仏、英、米、ソ、オランダ、独、インド、まぜっこで遊んでいました。その後、山本通り三丁目十五に家が新築されて、大方はそちらに住んでいました。少し上にトーアホテルがあり、家の裏は本願寺の説教所と、仏教幼稚園でした。神戸は御承知のように坂ばかり、三丁目と四丁目の境の道を登りつめた所に、城ケ口墓地がありました。家の庭で遊んだ以外は、ホテルの庭や墓地で土筆《つくし》を摘んだり、かくれんぼをしたり、お寺に行ってお説教を聞いたりしました。父の会社が栄町の正金銀行の裏と三ノ宮町の大丸デパートの筋向いで、三の宮神社の横にありましたので、夏の夜は神社の中の夜店で金魚すくいをしたり、色々なほおずきを買ってきたりしました。女学校時代登山が好きで、神戸の背山は隈《くま》なく歩きました。毎朝兄と二人で四時半頃から諏訪山を越え、牛の背を越え、イカリ山を越えて二再山に登り、日曜日は六甲山に登山したり、時には水源地の方に降りて、布引の滝（雄滝）の上に出て、降って街に出ました。其の滝の下に風水害で押流され、戦災に会い焼土と化し、変ってしまいましたが徳光院があり、施主の川崎の屋敷がありました。母を亡くした悲しみに堪えかねて、毎朝山から降った道、私の一生を大きく左右したなつかしい処なのですが、昔の面影はありません。

結婚後は熊門町布引の滝の少し東よりの処に家を持ちました。昔は滝からの川が美しく流れていました。今は遊学の道になっております。その川を溯《さかのぼ》った川上に、夕顔の自生した美しい丘があり、夏は夕顔、秋は萩やすすきが茂って、露をふくんだ草の上に坐って空を仰いで老師を偲び、母を恋い、時を過ごしました。

そうした場所は何処《どこ》にもなく、先生がお歩きなさっても、がっかりなさるだけと存じます。私も夢に見る昔の神戸市をまぶたの底にしまって、時々出して見るだけです。六甲山にでも行かれて上から市の全景を御覧下さって、其の町の中で六十五年前、生れた私を想像して来て下さいませ。

では、どうぞお大切に、お元気で行ってらっしゃいませ。

照山師にお逢《あ》いの節はおよろしくお伝へ下さいませ。

春苔　合掌

この旅というのは、第一の目的は、二女の佐代子が神戸大学を卒業するので、一度大学も見、またどんなところに下宿しておるのか、苦労しているようなので、励まし力づけ、慰めてやろうという、あまり十分学資もやれないわたしの、せめてもの親心からであった。そして、その次は、先生のお生まれになった町の辺りを歩いてみよう、先生のお登りになった山へも登ってみよう、またわたしの好きな詩人である八木重吉さんが勤めていた、かつての御影師範の跡も訪ねてみよう、照山師にも久々会ってこよう、そういういろいろの思いをこめた旅であった。手紙に地図とあるのは、そのために地図を送ろうと思われたのである。なつかしい旅であった。先生の詩に「朝の夢」というのがある。

誕生日の朝の夢に
生れた土地神戸の
背山再度山に登る
小学生の頃から
毎朝暗いうちに起きて
テクテクテクテクと登り
テクテクテクと降りて来る
きっと誰かに出逢う
お早うさんと

挨拶を交わす
普通の日は諏訪山に降り
休日は布引の滝に降る
テクテクテクと登り
テクテクテクテクと降りて来る
その降り口に禅寺があり
寺名は徳光院
私の仏縁のお寺
私の心を大きく廻転させ
私を禅に結びつけた寺
私に登山がなかったら
テクテクテクテクどこまで
降りていただろう

先生の手紙には、よく和歌が書いてあったが、詩は人さまにお見せするようなものではありませんので、と言ってよこされるようなことはあまりなかった。

何もかもスピード化した今の旅とちがって、そのころはまだよかった。尋ね尋ねて徳光院だけは探し当てることができた。暑い日だったが、暑さも忘れて門前に立っていた。次の四行詩は、その時のものである。

むすめのころの先生が
坐禅なされし徳光院
阿吽《あうん》の獅子の鼻をなで
樟《くすのき》の木肌の匂い嗅ぐ

電話が普及し、電話で用をすます人が多くなったが、声はすぐに消えてしまう。それに比べると、手紙はいつまでも消えずに残る。特に先生の手紙などは、封筒の色、便箋の匂い、文字の美しさ、そういうものが一通一通に感じられ、思い出を豊かなものにしてくれる。

昭和五十二年は淋しい年であった。きっとお体もよくなかったであろう。毎年いただく年賀状もいただいていない。先生は六月十一日亡くなられたのだが、この間いただいたのはハガキ一通だけである。消印が薄くて判明せず、受け取ったのは三月七日であった。字は一つも乱れていず、裏表いっぱい書いてある。

一昨日は遠路をわざわざ来て下さいまして、若しか当日熱でも出して御心配をおかけしてはと心配しておりましたが、大した事もなくてほっとしましたが、多分にお心を煩わしました事と存じております。何よりの詩国を沢山に頂きましてすみません。枕元に一冊置き、表紙を眺めたり、拝読したりして楽しんでおります。赤い花と黒い題字がピタリとマッチして美しいと思います。それよりも中のお写真二枚、鐘の色の美しさ、どんな音がするのでしょうか。

富貴寺、槇木大堂、如何でございましたか。私は富貴寺が大好き、熊野磨崖仏《まがいぶつ》は私が参りました時、道が悪くて途中から引返して遂に拝見出来ませんでした。それにしても港で随分お時間があり御たいくつなさいました事と存じます。奥様にもよろしくお伝え下さいませ。

どうしてか今度病気をしましてから、涙目と云うのでしょうか、直ぐ涙がたまりまして、目がはっきりしなくなりますので、変な字になり申訳ございません。御判読下さいませ。頂きましたカステラも美味《おい》しく頂いております。有難うございました。

草の名、和名はウツボでございます。藤袴《ふじばかま》と申す人もあります。

このお便りが先生最後のものであった。わたしは先生がお亡くなりになろうとは、夢にも思わなかった。いつも奇跡のように恢復《かいふく》されるので、このたびもきっとお元気になられると信じていた。今から思えばわたしの信仰はまだ駄目だったのである。真に見通す力を持っていなかったのである。残念でならず、お詫《わ》びの申しようもない。そうした苦衷の中でただ一つよかったなあと思うのは、このおハガキにあるように誕生したばかりの『詩国第一集』を、先生の御誕生日に持っていって差し上げたことである。

この詩集は初めから先生に捧げるつもりで、出版日付も三月五日にしていたのである。これまでいくら頼んでも謙遜《けんそん》して描いてくださらなかった表紙絵を、このたびは気持ちよく承諾して描いてくださり、それも先生思い出の「しどめの花」で飾ってくださったのは、いくら感謝してもしきれないほどのありがたさであった。先生とわたしとMさん夫妻四人の、本当に水入らずのたのしい記念の出版記念会であった。

先生は何でもおできになる人であったが、早くから禅に親しまれ、禅門の人であったから、文学的な表現などはなさらなかったが、豊かな情操を体いっぱいに持っておられた。

思えば、一人のひとの手紙を一枚も失わず持っているということは、わたしの生涯の何よりの喜びである。

第三部　生きている一遍

生きている一遍

1　その足音

一遍《いっぺん》は生きている。吹く風立つ浪の音と共に、今も生きている。

日本開教の祖師たちの中で、特にわたしが、そう強く感ずるのはなぜであろうか。それは山にこもったり、壇上から教えを説いたり、著述をしたり、そんな学僧らしいことは一切せず、ただ旅から旅へと二本の足で歩き続けた、その足音が今もなお消えずに聞こえてくるからである。弘法大師空海も歩かれたように世に伝えられているが、あれはあくまで伝説で、一遍に比べたら比較にならないほど少ない。そこにゆくと一遍はただ歩きに歩き、その生を終えた、まことに珍しい遊行《ゆぎょう》僧であった。だから今もなお、その足音がひびき、山河草木と共に生き続けているのである。そういうところにわたしは心ひかれ、この人と共にわたしも歩く一人となったのである。

わたしは過去というものにあまり興味がない。だから伝記というものをほとんど読まない。これはわたしの血のせいであろう。わたしの血の中にあるのは、現在と未来である。だから過去においてどんなに偉かった人でも、現在に生きてこない人には、心が向いてゆかないのである。もう一つわたしの血の中にあるのは、人間というものである。これもどうすることもできないわたしの特殊な血で、若くして神道系の学校に学びながら、そうした教えに入ってゆけなかったのは、このわたしの血のせいであって、わたしは生命の流れていないものには、どうしても共感できないのである。これはわたしの血の拒絶反応なのである。だから仏教に心ひかれたのも、その教義教理でなく、背中の痛みを訴えられる世尊の声を聞き心打たれ、わたしは五体を投地したのであった。でも入ってみると、仏教もわたしの血を満足させてくれるものが少なかった。貴族仏教であったり、学問仏教であったり、国家仏教であったり、何か人間と無関係なところで空転しているように思えてならなかった。

そういうわたしに突然聞こえてきたのが、一遍の足音であった。わたしはもともと足の礼賛者であるから、特に、その音が強かったのであろう。この足音がすっかりわたしをとりこにしてしまったのである。

四国の松山の誕生地には宝厳寺《ほうごんじ》がある。そのころは知らない人が多かった。わたしは尋ね尋ねしてお参りした。そして立像《りゅうぞう》の跣《はだし》の足に手を触れ、命の交流を乞《こ》うた。その時、一遍の血が流れ込んできたのである。わたしはあの日を終生忘れないであろう。法師蟬《ほうしぜみ》がしきりに鳴いていた。それはわたしの心のときめきそのものであった。母なる大地を踏みしめて歩きまわった足、その足に一遍のすべてが今もやどっているように思えた。一遍を知るには、まず足を知らねばならぬ、そして、その足音を。

2　その呼吸

足音が聞こえだしたら、その次は、その呼吸が感じられるようにならねばならぬ。いや感じられるだけでは十分ではない。その呼吸と合わせて生きるようにならねばならぬ。

釈尊の呼吸法を知ることは大事だが、もっと大事なことは、釈尊の呼吸に合わせて生きる人間になることである。

わたしの詩に、呼吸を合わせるというのがあるが、これが一番大事である。これができたら蒸発などという家庭の不和もなくなり、少年の非行も消えてゆく。

西洋人は個人主義だから、この呼吸法ができない。でも東洋人、わけても日本人は、釈尊の教えを知らず知らず受けているから、学ばなくても自らこれができる。わたしの伯父など嫁さんを呼ぶときいつも、おーいと言っていた。すると、そのたびお茶が出たり、酒が出たり、料理が運ばれてきたりした。それを聞いていると、わたしはたのしかった。呼吸がぴったり合って、何一つ言わなくても嫁さんには、一つ一つわかるのである。こういう家庭が戦前には、いくらもあったであろう。でも戦後の日本人は呼吸の仕方も知らず大きくなってゆく。だから争いが絶えないのである。

わたしはわたしの開眼《かいげん》の師杉村春苔尼《しゅんたいに》先生と、未明の神社の森の中に立っていたことがある。その時先生は、木々が息をするのがわかりますねえ、とおっしゃった。また、こうも言われた。水を吸いあげてゆく音も聞こえますねえ、と。おろかなわたしには木々の息も、吸いあげる音も聞こえなかったけれど、あの時からわたしは、そういうものが何とかわかる人間になろうという願いを持つようになった。

『一遍上人語録』の中に、

よろず生きとしいけるもの、山河草木、ふく風たつ浪の音までも、念仏ならずということなし。

という言葉がある。生きているということは、息しているということである。生きとし生けるものの息に、わが息を合わせて生きてゆく、これが一遍の念仏であり、呼吸なのである。

二月には釈迦《しやか》入滅の涅槃会《ねはんえ》がある。あの御絵像は、わたしの大好きなものであり、あれを見ると釈尊の偉大さが一番よくわかる。釈尊と呼吸を合わせて生きてきたもろもろのものたちが、悲しみにうちしおれ、泣き伏している。息をひきとられ、息を合わせることができなくなった草木虫魚鳥獣たちの悲しみが、実によく描かれている。

以心伝心という言葉があるが、これも西洋人にはなかなかでき難い。しかし東洋人には何の説明も加えないでできる。でも遺憾《いかん》なことに現在の日本には、涅槃絵図の心もわからぬ若者が増えてきた。こういうものは一度消えると、再び点火することはむずかしい。日本は今、貴重な精神文化財を次々に失いつつある。正しい呼吸法も、その一つである。それだけに上人の呼吸を説きたいのである。

3 その手

一遍の足を見たら、次には手を見るがよい。

手は足とちがって、いろんなことをする。知識的な人はものを書く。技術的な人はものを作る。でも一遍の手は、書く手でもなく、作る手でもない。ただ仏を拝む手であり、相手を拝む手であり、自己を拝む手である。そして特に「決定往生六十万人《けつじょうおうじょう》」の賦算札《ふさんふだ》（極楽浄土行きの切符）を配る手である。宝厳寺の立像は、そのことを如実に物語っている。

画家は言う。手をどう描くか、一番むずかしいと。手は目と同じく人間をよく表す。手が生き生きと描けていると、姿全体が生きてくる。手が描けていないと、姿全体が生きてこなく、命の抜けたものとなる。その点まったく目と同じである。

わたしが手をもっとも美しいと思ったのは、まだ学生の時に、奈良東大寺の法華《ほけ》堂で、日光、月光《がっこう》の二菩薩《ぼさつ》を拝したときである。そのころは今とちがって観光などという言葉もなく、お寺に参り仏像を拝したりする人はほとんどなく、実に静かであった。

あれは春にはなったもののまだ寒い時であった。冷えきった御堂にところせましと立ち並んでいられる仏像の中に、わたしは独り立っていた。それは今も鮮明に浮かんでくる仏さま方である。とりわけ大きな日光、月光像は美しくて、その合掌された手が、わたしに向けられているることを知ったとき、この身が熱くなってくるのを覚えた。わたしはその時から、手に魅せられたといってもよい。

でも、それ以後、世も変わってゆき、わたしも変わってゆき、仏のみ手の美しい姿にお会いする機会もなかったが、敗戦により引き揚げ、さらに四国に渡ってきて、宝厳寺の一遍立像に接したとき、再びわたしは手の持つ美しさ、清さ、尊さに魅せられたのであった。

でも、あの手は、日光、月光菩薩とはちがって、生きている人間の手である。その人間の手を、あそこまで高めた人を、まだわたしは知らない。

無一物、無我の手といったらよいのであろうか。僧でありながら数珠さえ持っていない。立像といっても、よく美術館で見る立像とはまったくちがう。あれは立っているのでなく、相手を拝んでいる姿なのである。だから手にすべてがかかっている。生命は、手に集中されている。その点、西洋彫刻には見られない手である。そしてそれは何もかも捨てきった一遍独特の手である。わたしはあの像の前に立つたびに思う。あれほど純化された人間の手は、さきにもあとにもないではなかろうかと。

風が手にささやきかける。
光が手にかたりかける。
鳥が感動して声をあげる。
花が感激して花びらをひらく。

そういう純粋一途《いちず》な手である。生きとし生けるものに、生かされて生きている喜びを知らせてくれる温かい手である。

4　その声

その足音も、その呼吸も、その手も、わたしはわかるけれど、その声になると、とてもわかりきれないので困っていると、ある日一羽の鳥が教えてくれた。きっとあの『一遍聖絵《ひじりえ》』に出てくる鳥の何代目かの鳥であろう。酉年《とりどし》生まれのわたしには、鳥の言葉がわかるのだ。

鳥は、こう言うのである。

しんみんさん、わたしたちはね、あまりいい声ではないのです。だからよけいに、一遍さまのお声の涼しさに感動するのです。もしわたしたちが、あのうぐいすさんのようにいい声でしたら、自分の声と比べたりして、しんから聞きほれることはないだろうと思います。一遍さまは自分のことを愚か者とか、下根《げこん》の者とか言っておられますが、苦労をなさった方だから、愚かものの気持ちがよくおわかりになったのだと思います。わたしたちは自分の声があまりにもよくないので、何とかしていい声の持ち主になりたいと、仏さまにお願いして今日まで過ごしてきました。よく鳥たちの歌比べがありますが、そんな時が一番悲しゅうございます。そうしたわたしたちの気持ちを一遍さまは知っておられて、いつもやさしい声で慰め励ましてくださいました。だからこの御恩は決して忘れずに、語りついでゆきたいと思っています。

あなたが一遍さまのお声を何とかして知りたいと願っていられるのを聞いて、きょうは飛んでまいりました。一遍さまのような、あんな涼しい声はとても出ませんが、いっしょけんめい歌ってみます。


そう言って、小鳥の念仏というものを聞かせてくれた。

わたしは心から感動して、じっと聞いていた。空ゆく雲も動きをとめ、流れゆく水も音を細め、静かに聞いているかのようであった。

わたしは鳥の声を聞きながら、そうだ、わたしは一遍さんの肉声にこだわっていたが、一遍さんの念仏は人間を離れて、この大自然と一つになっているのだ。波の音、風の音、すべての中にしみ込んでいるのだと思った。そして広々とした心になった。

わたしはアシジにあるジオットー描くサン・フランチェスコ聖堂の「小鳥に説教する聖フランチェスコ」という絵が大好きである。あの絵を通してわたしは聖フランチェスコに近づいていった。

日本にも、ジオットーのような画家がいられる。すばらしい仏画や、花鳥画を描かれる穐月《あきづき》明さんという方である。縁あってわたしの詩誌『詩国』を毎月お送りしているが、先日個展が開かれ見に行ったら、挨拶状《あいさつ》のようなものが、風格のある文字で書かれていた。読んでいると、その中に「小鳥の念仏」という言葉があり、うれしくてありがたくて、この人の絵の根源が、ここにあるのだとしみじみ思った。

幼い時とか、さびしい時とかには、鳥の声がわかるが、大人になり、俗世の塵《ちり》にもまれてくると、もうわからなくなる。そして一遍さんの澄んだ涼しい小鳥のような声も、馬耳東風となってしまうのだ。

5　その愛

キリスト教では裏糸の美しさに心をひかれる。今回ノーベル賞をもらったマザー・テレサも、その裏糸を美しくした一人である。

女人《にょにん》は純粋で一途だから、誠実なものに心をひかれ、その愛を高めてゆく。キリストと、その愛の物語を伝えている裏糸は、表に出ないだけに一層強く心を打つのである。それに対して仏教の裏糸はあまりにも淋《さび》しく、語るに足るものが少ない。これは仏教の大きな欠点であり、世界宗教とはなったものの、今日のような男女平等の世の中になると、どうも生彩がなく、特に若い女びとたちの心をひきつける魅力に欠けるものがある。そういう仏教史の中にあって、一遍の開いた時宗は、わたしが特別ペンを執りたいほどの特異なものを持って、女びとたちが登場してくる。それはいったいどうしてであろうか。その理由の第一にあげしるさなくてはならないのは、一遍ほど仏教の持つ無差別平等の思想を実践面で打ち出した人は、かつてなかったと思うからである。インドでも女人は軽視された。隣の国中国では女人は実にみじめだ。そうしたことを知れば知るほど、わたしは一遍を強く賞揚したいのである。

『一遍聖絵』の中でわたしが好きな一つは、旅立ちの絵である。妻超一、その子超二を連れて、伊予《いよ》の国（愛媛県）を旅立つあの絵は、日本仏教史を飾る女人の美しい場面である。ある有名作家が、女を連れて出家するなんて、なってない、と非難していたが、わたしはまったく反対であって、こういう一遍の愛にひかれ、彼が好きになったのである。

わたしは仏教を男の世界のものとしてしまった中国仏教を、そのまま伝来した日本仏教を、多くの人のようには高く評価しないのである。そして仏陀《ぶつだ》の教えが、本来のものに返るよう叫ぶ者の一人である。

美術評論家で詩人である栗田勇さんの『一遍上人』は名著である。特にわたしが感動したのは「念仏踊り」の絵の中に、一緒に旅立ちした超一を見いだしたところにある。あの踊りは超一が主役になって踊りを熱狂的にもりあげているという、栗田さんの眼の鋭さ美しさにわたしは感動した。そしてさらに栗田さんは、超一の死が一遍の死を早めたとさえ言っている。わたしも一遍を知ろうと努めてきたけれど、そこまでは気付かなかった。つまりわたしの愛がまだ十分でなかったのである。

釈尊にはやさしい娘スジャーターとの話が語られている。釈尊の成道《じょうどう》を飾るもっとも美しい話である。こういうものが男の国中国に入って消されてしまい、そして禅のようにきびしいものが中国仏教を風靡《ふうび》し、それが日本に渡ってきて武家と結びつき、仏教を妙に灰色にしてしまったのである。

一遍は尼僧集団を連れて遊行賦算をした。こんな僧が、かつてあったであろうか。そして最後の賦算者が播磨《はりま》の女房であった。わたしは一遍を思うたび聖フランシスコが浮かんでくる。共に純粋な愛を持って女人の胸を慰め温めた人である。

6　その願

諸仏諸菩薩の生命が長いのは、それぞれに願を持って出現されているからである。また、その容貌《ようぼう》の美しさも大願のゆえである。だから、そのことを知ったら、だれでもみな願を持って生きてゆかねばならぬ。むろん、その願は欲望から生まれてくるものではなく、信仰によって生まれてくる願なのである。そして、その願が大きければ大きいほど、力も強く生命力も長い。

一遍の願は「南無阿弥陀仏、決定往生六十万人」の賦算札を配り歩くことであった。北は奥州から、南は九州の果てまで、今の人の想像もできない困苦を嘗《な》め、日本全国を二本の足で歩きまわった。すべては、この大願のゆえである。このような僧が、かつてあっただろうか。行基《ぎょうき》も、弘法大師空海も、伝説では相当歩いているが、一遍と比べたら、その旅程は狭い。また空海も他の祖師たちのように最後は山にこもった。

こんな歌がある。

旅ごろも木の根かやの根いづくにか身の捨《すて》られぬ処《ところ》あるべき

この一首の秀歌は、一遍のすべてを物語っているといっても過言ではない。捨聖《すてひじり》一遍と言われているように、彼はすべてを捨てて、名もない貧しい民衆を浄土へ送り込むために全国を歩いたのである。そして旅の果てに命を捨てたのである。

法然《ほうねん》も、親鸞《しんらん》も下へ降りたが、一遍ほど下に降りて、民衆と共に生きた祖師はいない。彼は非人、乞食《こつじき》、癩《らい》者と共に歩いている。また今までの仏教は女を男より下に見たが、一遍は尼僧衆団を連れての行脚《あんぎゃ》遊行であった。それまで女は救われ難い者とされていたのを、彼は何の差別もせず、救いの手を差しのべている。この願行《がんぎょう》の美しさは、仏教史にもかつてないものがある。

さらにわたしが言いたいのは、目のつけどころである。今までの高僧たちの目は、上へ向いていたが、一遍の目は、下へ向いている。上を見る人間と、下を見る人間とのちがいは大きい。願行もまた、それによって異なってくる。

わたしの詩集にはよく「願い」という詩が出てくる。これはわたしの詩集の特色かもしれない。念願詩誌『詩国』を出しているのも、一遍の願を承《う》け継いでゆこうと念じているからである。

一遍の賦算は二十五万千七百二十四人で終わっている。決定往生六十万人の願数からすると、あと三十四万八千二百七十六人残っていることになる。それで、この数を少しでも減らすことができればと発願《ほつがん》して、『詩国』を発行してきたのであった。

あれから二十年経《た》った。それまでは業病《ごうびょう》やその他で苦しんだが、賦算誌を刊行し出すと、不思議に世界が開けてきて、休刊するような体の苦痛も家族の心配もなくなった。まったく、これは願心不思議というほかはない。わたくしは上人が生まれられた宝厳寺に行くたびに、今も生きていられることを痛感する。

一遍の海と風の念仏

海の声

なみあむだぶつととなえるから、念仏というのではない。また、それが、一ぺんでよいとか、多くとなえねばならぬということも、一遍の念仏にはない。一遍はまったく新しい念仏をつくり出したのである。

一遍の念仏は、印度にもなく、中国にもなく、一遍独自の念仏なのである。

一遍の念仏は熊野権現夢想の神勅《しんちょく》といわれているが、実は彼の血の中に、そういうものがあって、それが夢想の神勅となったのである。だからして念仏の歴史を調べて、一遍の念仏を説明しようとしても説明はできない。従って法然、親鸞の念仏と比べて説いたところで、その生命に触れて解明することはできない。

すべては血のゆえである。だから一遍の念仏を知ろうとするなら、彼の生まれた四国の土を踏み、彼が聞いて育った瀬戸の海の音を知らねばならぬ。つきつめて言うなら、海の声の中に、一遍の念仏そのものを発見し、そのよってきているものを海が教えてくれるだろう。

瀬戸の海は、外海とはまったくちがっている。わたしは九州生まれだが、四国に渡ってきたのは、日本が戦争に負けたからであった。若い時日本に失望し、日本を脱出したわたしは、二度と帰らぬつもりでいた。ところが戦争は敗北で終わり、余儀なく帰国せねばならなくなり、昭和二十年の秋故郷に帰った。ところが流転流浪《るてんるろう》のわたしの血がまたも動き出し、翌年の春の末には四国に渡り住む身となり、それも一遍が生まれた伊予の国の静かな海岸の町に、新しい生を始めることになった。思えば目に見えない不思議な糸のつながりである。

もともとわたしは青春の日を、母なる神の鎮まります伊勢に四年間もいて、神道の空気を吸うて若い多感な日を過ごしたので、仏教学との結びつきはなかった。そのわたしが仏縁深い人間となり、だれに教えられることもなくて、一遍上人と切っても切れぬ深い縁を結んだのである。だからわたしの体の中には、異物があまり入っていない。そんなことで一遍の念仏が、わたしには素直にわかるのである。これを血の結びとわたしは言っている。

わたしは一白水星の生まれであるから、生まれた時から、川とか海とか、水との縁が深く、それはもう肉体そのものといっても過言ではないだろう。だから四国に来て、わたしは海を通して一遍を知ったのであった。そういうところが何ともいえずいいし、一遍の開教の祖たちの中で最高最大の詩人だとするのも、釈尊の持っていられたようなポエジーを、彼もまた体の中にいっぱい持っていたからである。だからわたしは言う、一遍の念仏を本当に知ろうと思えば、静かな瀬戸の海に抱かれ、その母なる声を聞くがよいと。

一遍の念仏は、父なるきびしい念仏ではない。母なるやさしい念仏である。

一念義とか、多念義とか、そんなことをやかましく言うて、わかろうとする頭の念仏ではなく、そういうものはみな捨ててしまって、ただ温かい母の胸に抱かれて、赤ん坊のように安心しきって生きてゆく、愛の念仏なのである。だからお経もそばに置く必要もない。中国の僧たちの書かれたむずかしい教説もいらぬ。そんなものはすべて捨て去って、本然の自分に帰り、ただ素直な心、素直な目、素直な耳になれば、いつでも一遍の念仏と同じものになることができるのである。

さきにも言ったように、わたしは感受性の強い青春の日を、母なる神のいます伊勢で過ごした。わたしは、ここではほとんど学問に興味を感ずることができず、短歌を作りに行ったといってもいいぐらい、短歌を作ることに専心し、青春の孤独と戦ってきた。従って学問は身につけなかったが、伊勢という自然が持つ深い息吹には、他の学生の知り得ないほど深く強く知ることができた。

伊勢の海は実にいい。川もまたいい。こうした海と川とが、一白水星生まれのわたしの血を、一層色濃くしていったのである。

一遍を知る土壌はすでにわたしにはできあがっていた。だから敗戦によって引き揚げ、一度も踏んだことのない四国に渡ってきて、四国の海に体を浸したとき、他の人の感じなかったものを感ずることができたのである。何べんも言うが、一遍の念仏は海からきている。海が一遍念仏の本源であり、本姿であり、生命なのである。

一遍を知らない人が多くなってきたが、世が世なら河野水軍の長《おさ》となる人であった。だから海の男の血が代々と流れている、そういう家に生まれたのである。ここでは彼の念仏が中心なので、伝記については述べないが、海と一遍とは、水と魚とのように密接不可分なのである。

これだけ知れば、これから取りあげる彼の念仏が、すうっとわかってもらえるだろう。

涼しい風

一遍の念仏を知るには『一遍上人語録』というのが残されているが、今の人には、そうたやすくわかる表現ではない。だからわたしが一番好きでもあり、また多くの人にも、これだけ読めば上人の念仏がわかってもらえるであろう「興願僧都《そうず》に与えられた手紙」をあげて説明しよう。これは上人の念仏の骨髄であり、根幹であり、不滅の言葉である。声高くとなえて、その息吹に触れ、そのリズムを体にしみ込ませ、仏法とはいかなるものであるか、信仰とはいかなるものを言うのであるか、一遍の説く独自独特の念仏のすばらしさを、すべての人に知ってもらいたいのである。少し長いが全文をあげよう。

夫《それ》、念仏の行者用心《ぎようじやようじん》のこと、しめすべきよし承《うけたまわり》候。南無阿弥陀仏とまうす外、さらに用心もなく、此外に又示《しめす》べき安心《あんじん》もなし。諸《もろもろ》の智者達の様々に立《たて》をかるる法要どもの侍《はべ》るも、皆諸惑《しよわく》に対したる仮初《かりそめ》の要文《ようもん》なり。されば、念仏の行者は、かやうの事をも打捨《うちすて》て念仏すべし。むかし、空也《くうや》上人へ、ある人、念仏はいかが申《もうす》べきやと問《とい》ければ「捨《すて》てこそ」とばかりにて、なにとも仰《おおせ》られずと、西行法師の撰集抄《せんじゆうしよう》に載《のせ》られたり。是誠《これまこと》に金言なり。念仏の行者は智恵をも愚癡《ぐち》をも捨《すて》、善悪の境界《きようがい》をもすて、貴賤高下《きせんこうげ》の道理をもすて、地獄をおそるる心をもすて、極楽を願ふ心をもすて、又諸宗の悟をもすて、一切の事をすてて申《もうす》念仏こそ、弥陀超世《ちようせ》の本願に尤《もつとも》かなひ候へ。かやうに打あげ打あげとなふれば、仏もなく我もなく、まして此内に兎角の道理もなし。善悪の境界、皆浄土なり。外に求《もとむ》べからず、厭《いとう》べからず。よろず生《いき》としいけるもの、山河草木、ふく風たつ浪の音までも、念仏ならずといふことなし。人ばかり超世の願に預《あずかる》にあらず。またかくのごとき愚老が申事《もうすこと》も意得《こころえ》にくく候はば、意得にくきにまかせて愚老が申事をも打捨《うちすて》、何ともかともあてがいはからずして、本願に任《まかせ》て念仏したまふべし。念仏は安心して申《もうす》も、安心せずして申も、他力超世の本願にたがふ事なし。弥陀の本願に欠《かけ》たる事もなく、あまれることもなし。此外にさのみ何事をか用心して申《もうす》べき。ただ愚《おろか》なる者の心に立かへりて念仏したまふべし。

南無阿弥陀仏　　　　　　　　　　　一遍

むずかしいことは一つも書いてないが、本当にこれを知ることは大変である。それは「捨て」ということが、この手紙の眼目となり、中心となり、生命となっているからである。

宗教は教学ではない。頭でいくら知っても、それは救いにはならぬ。救われなかったら宗教ではない。多くの人は宗教を哲学にしたりする。念仏さえ哲学にする。そんなものでどうして救われるものか。上人の言われるように愚かなる者の心に立ち返ることが宗教であり、信仰なのである。聖書にも幼子の心になれとある。幼子に議論などはない。理屈などはない。抱かれる無心な心が、幼子の姿であって、これより美しいものはないのである。

一遍の念仏は、このような捨てて捨てて、捨て去った純一な心と姿、そのものなのである。

特に、この中でわたしの心をひきつけてやまないのは、

よろず生きとしいけるもの、
山河草木、
ふく風たつ浪の音までも、
念仏ならずといふことなし。

という一大生命歓喜の念仏である。これが一遍独自の念仏である。

わたしは四国を仏島、仏の島と呼んでいる。わたしは若い時から、さすらいびとのように、故郷を出て流れてきたが、それだけに、この島に渡ってきて、この島の持つ独特な生命に触れることができ、仏島四国に来た喜びにひたることができた。だから四国に生まれた人より、渡り者のわたしのほうが、より強く、より深く、この島の生命に触れることができたのではないかと思っている。

吹く風、立つ浪の音が念仏なんだということは、大自然、大宇宙が念仏をとなえているということなのである。こんな大きな念仏が、かつてあっただろうか。これはまったく印度的でなく、中国的でなく、日本独自のものであり、一遍独特の念仏である。わたしがさきに若い時伊勢にいたということをしるしたのも、伊勢の海や川が持つ神の大生命の顕現ということを言いたかったからである。日本人の血の中には、そういうものが連綿として流れているのである。だからわたしに言わせるならば、一遍によってやっと仏教というものが、日本人の血によって、日本人のものとなったと、一遍の開いた教えを賞揚したいのである。

わたしは宗教というものは、喜びだと思っている。踊躍《ゆやく》だと思っている。陰気な念仏では、自分も救われないが、周囲の人をも不幸にする。二度とない人生を生き抜いてゆくのが念仏なのである。

わたしの住んでいるところから四国一の霊峰石鎚《いしづち》の山がいつも見えるが、お山開きのとき行者たちが、なまんだ、なまんだと言って、足に力を入れて登ってゆく。あのなまんだ、なまんだの声を聞くと、ああこれが本当の念仏ではないかと思う。それまでわたしは念仏信者というと、とかく陰にこもって、暗い面だけを見てきただけに、四国に来て、真の念仏の強さ、逞《たくま》しさ、明るさに触れ得た思いがした。

山の霊と一体になる。宇宙の大生命と合体する。小さい自己が大きなものとなる。それが一遍の念仏だったのである。

名号《みようごう》が名号をとなえる、念仏が念仏する、などと、一遍は言っているが、念仏をこのような世界にまで拡大発展させたのは、一遍を措《お》いて他にはない。

一遍は生まれながらにして詩人であった。特に海が彼を詩人にした。人間的魅力に加えて、詩人的魅力を身につけていた彼は、多くの人から慕われた。特に非人、乞食、癩者といった、世の中から捨てられた下層の者たちの信頼を受け、念仏となえて彼の後をついてまわった。彼が、なむあみだぶつと言うと、彼らは声高らかに、なむあみだぶつととなえた。わたしは、これを口移しの念仏といってきた。親鳥が口移しに餌《えさ》を雛《ひな》にやるのと同じである。こういう念仏が本当の念仏である。

わたしはこれまで仏教は涼しい風であると言ってきたが、それが一番当てはまるのが、一遍の念仏である。涼しい風の瀬戸の海に育った彼の声は、特別涼しかった。それが何ともいえない喜びであり、救いであり、心の光であった。一遍の信者たちを時衆といったが、それは潮騒《しおさい》のように日本全国を風靡《ふうび》して、元《げん》の大軍を撃退させる原動力となったともいわれている。

印度に生まれた仏教が中国にわたり、朝鮮を経て日本に伝わってきた。多くの僧たちが、その教えを解釈し理論づけ、多くの本を残した。仏教の歴史を辿《たど》ってみると、それは実に深遠で、一代ではとても究めることはできない。そうした仏教が、一遍にいたってやっと日本的なものとなり、日本人の血にすうっと入ってゆくものとなった。だから一遍の念仏は、今の人が想像もできないほどに、日本庶民層の中に浸透していった。

念仏だけではない。文学にも芸能にも、地下の水のようにしみ込み、今は、その源流が一遍によってきていることをほとんど知らない人が多くなった。

一遍は死ぬ十日前、持っていたすべてのものを焼き捨てた。そのとき言った言葉がすばらしい。

一代で聖教《しょうぎょう》皆尽《つき》て、南無阿弥陀仏になりはてぬ。

こんな言葉がどうして吐けるか。それは遊行からきている。一山《いちざん》にこもり寺を建てたり、弟子を集めて自分の死後の教団のことを心配していたら、こんな言葉は出てこない。

「南無阿弥陀仏、決定往生、六十万人」の賦算札を配りながら、十六年間、野に臥《ふ》し、木の根を枕《まくら》にして、日本全土を歩きまわった捨身行脚の足が言わせた言葉である。それでも周囲の者はまだ物にとらわれていて、後々のことを気にして聞いた。その時また言った。これもすばらしい。

法師のあとは、跡なきを跡とす。（中略）今、法師が跡とは、一切衆生の念仏する処これなり。

念仏をとなえてくださるところに、いつもわたしはいる。どうか念仏をとなえておくれよ。これをわたしは即身成仏とも、復活とも言っている。つまり一遍は死んではいない。今も念仏をとなえる人のそばにおり、共に念仏をとなえているのである。

バスの中でお念仏をとなえれば、バスの中におり、田畑を耕しながらお念仏をとなえれば、一緒に田畑を耕してくれるのである。なんにも残すものはない、まったくの空《くう》なのだから、これができるのである。こんなうれしいありがたい念仏があろうか。

わたしは一遍の念仏を風の念仏と言っている。風のようにどこへでも飛んでゆき、風のように体を軽くさせ、風のように心を涼しくさせてくれるからである。

最後にわたしの「念仏」という詩をあげて結びとしよう。

念仏となえて落ちてくる朴《ほお》の広葉を
念仏となえて拾う
そんな朝は
朴とわたしとが
一つになって
光となり
風となり
天地いっぱいの
念仏となる

さんづけして呼んで一番ぴったりするのは、一遍さんに良寛さんである。

一遍さんとタンポポ

一遍さまがあるかれた道のたんぽぽや花や

これは高橋一洵《いちじゅん》さんの句である。一洵さんは山頭火を松山へ呼んだ人である。山頭火は一洵さんがいたから松山に来て、松山に住み、松山で死んだのである。この人は松山商科大学の先生であったが、辺幅を飾らない人で、時には一灯園の服を着て教壇に立ち、経済学の講義をされたそうである。そんな方は、もう日本にはいなくなったし、そんな人を受け入れる日本でなくなってしまった。日本は遠くなりにけりである。

仏縁というものはありがたいもので、一洵さんと親しくなり、一遍さんやタンポポとも、切っても切れぬ親しい仲となった今、この句はわたしに下さった思いがしてならない。

一洵さんはもう亡くなられたが、一遍さんの生まれられた松山道後の宝厳寺にお参りするたび、あの辺りいっぱいに咲いているタンポポを見るにつけ、一遍さんとタンポポとは初めから終わりまでつき添っていた花のような気がしてならない。

どの祖師もそれぞれ立派な生き方をなさっているが、一遍さんほど庶民のために日本国中を遊行賦算された方はないのである。

『一遍聖絵』を見ると、いかにも河野水軍の家に生まれた人のように骨太の体格である。そのような一遍さんが、生来弱かった芭蕉《ばしょう》と同じく五十一歳で死んでしまったのは、自分の体を虐使続けたからである。一遍さんほど、破れ衣に素足で歩かれた開教の祖師はないのである。


旅ごろも木の根かやの根いづくにか身の捨てられぬ処あるべき

これは一遍さんの代表歌といってもよい。晩年の和歌だが、一遍さんのすべてを、この一首に見る思いがする。

西洋ではタンポポの花を「神託の花」と言ったり、「幸福をまき散らす花」と言ったり、「お星さまが落とされた金貨」だと言ったりする。タンポポほど世界のいたるところで咲いている花はないだろう。またタンポポほど根強い草はなかろう。あくまで野の花であり、太陽の花である。

わたしは野の人一遍さんが好きであり、野の花タンポポが好きである。

わたしの最近の作に「一遍さんとタンポポ」というのがある。それをここに書いておこう。

一遍さん
あなたはタンポポの種のように
ナムアミダブツのお札を
日本国中くまなく
配ってあるかれました
今日《きょう》あなたが生まれられた
宝厳寺の裏山を歩いていると

そこにもここにもタンポポが
冬なお花を咲かせていました
ゆえあるかな
ゆえあるかなと思い
一つ一つの花に
声をかけてのぼってゆきました
そして海の見える処で
しばらく立っていました
その時あああの海を渡り
ここ四国の伊予にきたのは
あなたにめぐり会うためで
あったのかと
はっきりと知ったのでした

こんにち、ただいまに立つ人

わたしは一遍上人に心ひかれ、これまでいろいろ書いてきたが、最近『一遍上人語録―捨て果てて』というのが上梓《じょうし》され、まとまったのができた。それで、この本の扉書きに何という言葉を書こうかと考えに考えた末、〝こんにち　ただいま〟と仮名で書くことにした。今日只今と漢字で書けば一番よいのであるが、今日をきょうと読んでしまう人のことを思うと、何としてもさびしい思いがするので、仮名で書くことにしたのである。

考えてみると、わたしの詩の中でもっともよく愛誦《あいしょう》されている「二度とない人生だから」という意味も、言い換えれば今日只今ということになる。

この今日只今という時こそ、時宗《じしゅう》の開祖一遍上人の根本の教えなのである。

聖書にも時というのがよく出てくる。中でも一番大事なところとも言ってよいヨハネ伝第十三章に、イエスは、この世を去って父のみもとに行くべき自分の時がきたことを知り（中略）上着を脱ぎ、手ぬぐいをとって腰に巻き、それから水をたらいに入れて、弟子たちの足を洗い、腰に巻いた手ぬぐいでふき始められた。

とある。わたしの好きなところである。

一遍上人は、平常時即臨終時とつねに説かれた。聖書の中では、これを自分の時と言っている。永遠というのも、実は今日只今という時の連鎖なのである。だから、この永遠に流れてやまない時を、どうつかむか、それが宗教なのであって、坐禅《ざぜん》も念仏もみな、そこにつながっているのである。でもほとんどの人は時の流れるままに生き、金に名誉に、地位に欲望にと、尊い人生をすり減らして酔生夢死してゆくのである。また〝時は金なり〟というが、こういう表現の仕方からは、本当のものをつかむことはできない。宗教的に言えば〝時は生命なり〟であり〝時は生死《しょうじ》なり〟である。

時というものは川と同じく、いのちを持ってつねに流れているものである。そして、ここに言ういのちとは、神や仏から出てくるいのちなのである。そういう言い方を好まぬ人があったら、大宇宙のいのちといってもよい。とにかく瞬時もとどまることなく、生き生きと動いているのが、時の本質本性なのである。でも、これはなかなかわからぬものである。なぜなら頭でわかっても駄目なので、体全体でわかり、それを日々の生活の上で実践躬行《きゆうこう》してゆかねば、本当のものではないからである。

わたしは毎日未明混沌《みめいこんとん》の刻に起床し、三時三十六分野鳥の目覚める時刻に、大地に立って暁天の祈願をし、五時になると近くの一級河川重信川の長い橋を渡り、向こう岸の川土手で明星礼拝を続け、夜明けの霊気霊光を吸飲し続けているうち、この大生命を体に滲透《しんとう》させることができた。大宇宙が放つ電波電流が一番濃厚な時は、何としても夜明けのひとときであって、それは何ともいえない天地いっぱいの大生命の充溢《じゆういつ》なのである。

電燈が発明され、夜が昼のようになり、テレビやラジオが普及して、人は深夜放送に熱狂し、夜明けの大生命の時をまったく知らずに、大切な毎日を過ごしている。昔の人は何としても早く起きた。そして暁の明星と共に働き、宵の明星と共に仕事を終えた。そういう時を体に感じ取って生きていたから、自ら人間らしい生き方をしてきたのである。

今の日本は、何もかも狂ってきた。ハウス栽培とか、ビニール栽培とかで、植物までも狂わせて作り、それを食っている。花なども温室栽培で、季節感もなくなってしまった。大自然に順応しない生き方をしているため、頭までも狂い、凶悪な犯罪が増加し、青少年の非行も史上最悪のものとなった。時を狂わせて生きている人間たちの文明や文化がどうなるか、まったく予測できない末世現象である。

こんにち、ただいまに立つ一遍上人の教えと、その人のことを、もっとわたしは多くの人に知ってもらいたく、これからも書き続け、また『詩国』賦算の念願行にも、さらに力を加えてゆこう。

あとがき――旧版によせて

この本は『随筆集　念ずれば花ひらく』『随筆集　めぐりあいのふしぎ』(旧版『生きてゆく力がなくなる時』)に続くもので、これで三部作となり、こんなにうれしいことはない。

文はほとんど、この二著以後に書いたものであるが、なかには「旅終《たびじま》い」のような、ずいぶん以前書いたのも入っている。それは、あのような純粋一途《いちず》に生きた時代は、もうわたしにも日本にも、二度と来ないのではないかという思慕と回生の記念として入れたものである。

何事もすべては愛に帰着するのであるが、そのためには、どうしても一筋の道を進んでゆかねばならぬ。だから三部作の最後のものを、この愛と道の二字で飾り、世に送り出そうとしたかったのである。

その願いをかなえてくださった柏樹社の中山社長さんに感謝し、四国の片隅に住んでいるわたしを何度か訪ねてきてくださった御温情に心からお礼を申し上げよう。

悩み苦しむ人のため少しでもこの本が、人生という長い旅路を辿《たど》り歩む愛の道しるべとなることができたら、詩歌に執して母への何の恩返しもなし得なかったわたしの心の重荷も、いくらか軽くなる思いがする。

わたしを産んでくれた冬の日の光の中でしるす

真　民

新装版刊行によせて

愛の鐘を
鳴らしてゆこう

一九八三年に刊行された本書の旧版の扉に、父・真民はよくこのように揮毫《きごう》して、みなさまにお贈りしていました。

この度、新装版にしていただくにあたり、改めて本書を手に取ってみて、何気なく思えるその一文に心が引きつけられました。

野にある小さな花を見つめる愛を持とう――「目を持とう」ではなく「愛を」というところに、父の心があります。それが静かな調べとなって、本全体に流れているのです。

その一言に導かれ、私たちはこれまで気づかず通り過ぎてきた愛の存在を知り、愛に守られ生かされている自分というものに辿《たど》りつくのです。

影あり
仰げば
月あり

これも、真民がよく色紙にしたためていた詩です。

四国は、どんな小さい道でも、遍路みちにつながる道しるべが立っています。道しるべをたよりに一歩一歩足を運び、八十八ケ所をめぐるとき、それは人生の道しるべとなって、体の中に刻まれていくのではないでしょうか。

私たちを守り、導いてくれる愛の道しるべ。そこに向かって進んでゆこう。共に鈴を鳴らして歩いてゆこう。それが、本書に込められた父の願いであり、祈りでもあります。

七十から七十四歳にかけてまとめられた三冊の随筆集を、存命であれば百歳を迎えるこの年に、新装版として復刊、完結してくださいましたサンマーク出版のみなさまに、父・真民にかわり、衷心より御礼申し上げます。ありがとうございました。

西澤真美子

二〇〇九年七月

坂村真民——さかむら・しんみん
詩人。一九〇九年熊本県生まれ。二十歳のとき岡野直七郎の門に入り、短歌に精進する。二十五歳のとき朝鮮に渡り教職に就く。終戦後は四国に移り住む。五〇年、四十一歳のときに詩に転じ、個人詩誌『ペルソナ』を創刊。六二年より『詩国』を発行し、一度も休むことなく二〇〇四年に五百号に達する。その後、『鳩寿』に改題。九一年仏教伝道文化賞受賞。主な著書に『詩集 念ずれば花ひらく』『詩集 二度とない人生だから』『詩集 宇宙のまなざし』『愛蔵版 坂村真民詩集』『随筆集 念ずれば花ひらく』『随筆集 めぐりあいのふしぎ』(いずれも小社刊)、『坂村真民全詩集(全八巻)』『自選 坂村真民詩集』『詩集 朴』(いずれも大東出版社)、『自選詩集 千年のまなざし』(ぱるす出版)など。二〇〇六年永眠。

随筆集 愛の道しるべ

2009年8月15日 初版印刷
2009年8月31日 初版発行

著　者 坂村真民
発行人 植木宣隆
発行所 株式会社サンマーク出版
東京都新宿区高田馬場 2-16-11
電話 03-5272-3166
ホームページ http://www.sunmark.co.jp
携帯サイト http://www.sunmark.jp
印　刷 共同印刷株式会社
製　本 株式会社若林製本工場

ISBN978-4-7631-9944-7 C0095

随筆集

念ずれば花ひらく

坂村真民

念ずれば花ひらく
——それは、母が遺した
美しい念仏だった。

国民詩人・坂村真民の
記念碑的随筆集が、待望の復刊。
母への想い、幾多の試練、
そして忘れ得ぬ人との出会い……。
詩一筋に生きた著者が放つ、
感動のメッセージ。

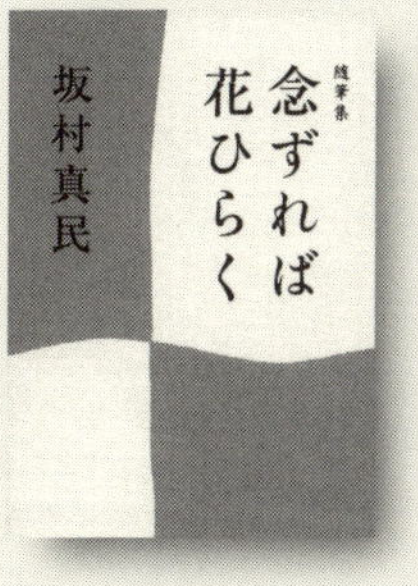

サンマーク出版
定価＝本体1,800円＋税